Classiques Larousse

Collection fondée par Félix Guirand, agrégé des lettres

Marivaux

Les Fausses Confidences

comédie

Édition présentée, annotée et commentée
par
MICHEL GILOT
agrégé des lettres

LAROUSSE

© Larousse 1992.
ISBN 2-03-871 261-1.
ISSN 0297-4479.

Sommaire

Vivre de sa plume !

Un certain Pierre Carlet

Le nom de Marivaux est un des plus célèbres de notre littérature. C'est un pseudonyme, un « nom de plume », que l'écrivain prit en 1716 et qu'il semble avoir tiré non pas d'une terre, comme Beaumarchais, mais d'une rue près de laquelle il habitait. De sa vie, que connaît-on ? Très peu de choses. Lorsque les journalistes de télévision la racontent, à l'occasion de la reprise d'une de ses pièces, ils en disent presque toujours un peu plus que ce qu'on en sait réellement.

Marivaux naquit à Paris, paroisse Saint-Gervais, au début de février 1688. Du côté de sa mère, Marie Anne Bullet, il était le neveu et le cousin d'architectes célèbres, Pierre Bullet et Jean-Baptiste Bullet de Chamblain, qui ont construit ensemble le château de Champs-sur-Marne et la plupart des hôtels particuliers de la place Vendôme à Paris. Le père de Marivaux, Nicolas Carlet, un homme fier, ombrageux, d'un caractère sans doute assez difficile, connut beaucoup d'aléas, de démêlés et de périodes sombres. Sa fonction de trésorier des vivres en Allemagne le retint longtemps loin de sa femme et de son fils. Il entra ensuite à l'Administration des finances, fut nommé directeur de la Monnaie de Riom et le resta jusqu'à sa mort en 1719. C'est donc en Auvergne, à Riom, surnommée « la belle endormie », que Marivaux passa une grande partie de sa jeunesse.

Lorsqu'il revint à Paris, à vingt-deux ans, comme étudiant en droit, il ressentit certainement l'espèce de stupeur émerveillée qu'il a prêtée à plusieurs héros de ses romans, Brideron dans le *Télémaque travesti,* Jacob dans *le Paysan parvenu* et Marianne dans *la Vie de Marianne :* un étonnement toujours renouvelé,

Scène de la vie parisienne : *le Charlatan,*
aquarelle anonyme de 1774.
Musée Carnavalet, Paris.

une sorte d'ivresse inspiratrice, une douce familiarité... « L'air de la grande ville rend libre », a dit le philosophe allemand Hegel (1770-1831). De Riom et de la campagne d'Auvergne, Marivaux gardait tout un trésor d'images, d'impressions malicieuses et de dictons populaires. Au collège de l'Oratoire, qui jouissait d'une excellente réputation, il avait eu des maîtres sévères, exigeants, presque tous profondément marqués par le jansénisme, doctrine religieuse très austère qui voulait que le salut des hommes dépendît exclusivement de la grâce de Dieu. Mais, comme en témoignent notamment les « réflexions chrétiennes » d'un de ses journaux, *le Cabinet du philosophe* (paru en 1734), la pensée de Marivaux, dans tout ce qu'elle a d'ouvert et de généreux, se situera aux antipodes du jansénisme.

Jeune homme, il apportait à Paris le manuscrit d'un long roman d'amour, tout plein de phrases lyriques et frémissantes : *les Effets surprenants de la sympathie*. Plutôt que d'être un étudiant assidu, il s'empressa de le publier (1713-1714) et se lança éperdument dans la littérature. Sous la Régence, il devint le plus en vue, le plus déterminé des « Modernes », ces jeunes intellectuels qui protestaient contre la tyrannie des auteurs de l'Antiquité et l'étroitesse de certains dogmes littéraires érigés au XVIIᵉ siècle. La confiance que les « Modernes » avaient dans la raison et dans la capacité de progrès de l'humanité peut amener à les considérer comme les premiers représentants du mouvement philosophique et littéraire qui a dominé la pensée européenne dans la seconde moitié du XVIIIᵉ siècle : les Lumières.

En 1717, Marivaux fit, en épousant Colombe Bollogne (ou Boulogne) un assez « beau mariage » bourgeois qui ne devait pourtant rien à des arrangements entre familles. L'année suivante, une fille naquit, leur enfant unique, Colombe, qui devait devenir religieuse. En 1719, Marivaux demanda vainement, en s'adressant au garde des Sceaux, à succéder à son père dans sa charge. Il perdit une bonne partie de la dot de sa femme dans le désastre du système de Law. (Pour alimenter le commerce, que le manque de monnaie métallique empêchait de se développer, le financier écossais John Law avait imaginé d'émettre des billets de banque, puis obtenu de les gager sur des actions de la Compagnie des Indes. Son système fut d'abord florissant, de 1718 à 1720, mais de puissants spéculateurs entraînèrent sa ruine en quelques semaines.) Après cette mésaventure, Marivaux reprit et acheva très vite, en 1721, des études de droit, tout en lançant le premier de ses journaux épisodiques, une chronique très personnelle du temps de la Régence, *le Spectateur français,* paru de 1721 à 1724.

On sait peu de choses de la vie de Marivaux à cette époque, qu'il s'agisse de sa vie privée ou de son activité professionnelle. Il perdit sa femme entre 1722 et 1725, mais on ignore quelle année au juste. En 1722, il est qualifié d'avocat dans un acte notarié où il dit renoncer à la succession de son père ; cependant, il ne semble pas avoir jamais plaidé...

Vivre pour la littérature ?

Dès lors la carrière de Marivaux était toute tracée, car sur la scène de la Comédie-Italienne, l'essor de son théâtre paraissait irrésistible. Les comédiens-italiens, héritiers de la commedia dell'arte, gardaient dans leur répertoire des personnages types comme Arlequin et recouraient volontiers à l'improvisation. Marivaux a particulièrement mis à profit leur art dans ses premières pièces (de 1720 à 1724) : *Arlequin poli par l'amour, la Surprise de l'amour, la Double Inconstance, le Prince travesti* — toute une série d'œuvres printanières, de plus en plus ambitieuses.

Contrairement à la plupart des écrivains de son temps, il ne se mit pas au service et sous la protection d'un mécène. Fait alors assez extraordinaire, il vécut (modestement !) de sa plume. À sa mort, le 12 février 1763, il laissa en tout et pour tout, après la vente de tous ses biens, 231 livres 19 sols (moins de 20 000 francs actuels) ; trente-six pièces, plus au moins deux ou trois autres perdues ou dont l'attribution est contestée ; trois journaux de réflexion morale ; deux grands romans de maturité, *la Vie de Marianne* (1731-1741), long jeu de patience, transposition moderne des plus belles histoires « nobles et sentimentales » du passé, et *le Paysan parvenu* (1734-1735) où, par l'intermédiaire de son héros, Jacob, il porte sur la société de son temps un regard incisif, plein d'humour et de jubilation.

Un homme très discret

Ami de Mme de Lambert et de Mme de Tencin, qui tenaient d'importants salons littéraires à Paris, Marivaux a certainement passé une bonne partie des trente dernières années de sa vie « dans le monde » ; mais à peu près tous les témoins qui ont parlé de lui l'ont présenté comme une « bête de salon » bien particulière, toujours un peu déplacée parmi tant de potins et de chamarrures, avec son « amour-propre en pointe de canif », ses boutades et son désir d'échanges véritables. Élu assez tard à l'Académie française (1742), il s'avisa d'y faire des lectures assez peu académiques dont il reste des fragments : « réflexions » sur l'esprit humain, le sens de la littérature et l'évolution de l'humanité.

La correspondance de Voltaire qui a été conservée comporte plusieurs dizaines de milliers de lettres ; mais de Marivaux il n'en reste que deux, de 1740. Dans l'une d'elles, en retournant son ironie sur lui-même, il évoque les gens qui, au temps du système de Law, l'avaient poussé à « doubler, tripler, quadrupler » son « patrimoine » et l'échec de cette opération. Puis, parlant d'un marquis qui doit accompagner un prince à Compiègne où se réunissait la Cour, il ajoute : « Il a l'honneur

Un salon au XVIIIᵉ siècle.
Gravure d'après *l'Assemblée au salon* de F.N. Dequevauviller, 1783.
Bibliothèque des Arts décoratifs, Paris.

d'appartenir à un prince, il faut qu'il marche, et moi j'ai la douceur de n'appartenir qu'à moi, et je ne marcherai point. » Ces lettres ont été pieusement recopiées par un jeune écrivain, Lesbros de la Versane, qui a raconté la vie de Marivaux, en insistant tout particulièrement sur sa sensibilité aux malheurs d'autrui et son infatigable esprit de charité.

Il ne reste de cette vie que quelques anecdotes, quelques images amusantes (Marivaux, dans un café, buvant imperturbablement sa tasse de chocolat au milieu d'un étourdissant charivari d'intellectuels), quelques petits faits caractéristiques (comme les conseils qu'il dispensait sans compter aux écrivains venus le consulter, tel Rousseau, avec l'ébauche de sa comédie *Narcisse* ; ou les leçons qu'il lui est arrivé de donner à deux ramoneurs avec son vieil ami, le poète tragique Prosper Crébillon, pour tester une nouvelle méthode de lecture) — enfin un testament d'une extrême sobriété : « Je lègue 60 livres aux pauvres de la paroisse. Je désire être enterré avec le moins de dépense, et le plus simplement possible. » Marivaux était sans doute un homme assez secret ; en tout cas sa discrétion garde quelque chose d'extraordinaire. C'est grâce à ses œuvres, si vivantes, si hardies et si profondément humaines que nous pouvons avoir l'impression de bien le connaître.

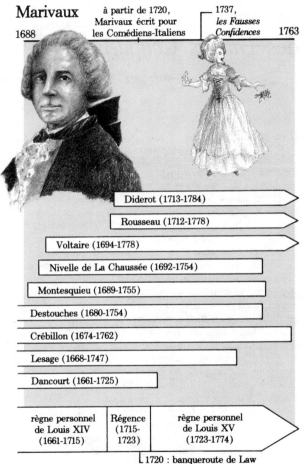

Marivaux

1688

à partir de 1720,
Marivaux écrit pour
les Comédiens-Italiens

1737,
*les Fausses
Confidences*

1763

Diderot (1713-1784)

Rousseau (1712-1778)

Voltaire (1694-1778)

Nivelle de La Chaussée (1692-1754)

Montesquieu (1689-1755)

Destouches (1680-1754)

Crébillon (1674-1762)

Lesage (1668-1747)

Dancourt (1661-1725)

règne personnel de Louis XIV (1661-1715)	Régence (1715-1723)	règne personnel de Louis XV (1723-1774)

1720 : banqueroute de Law

Situation
des *Fausses Confidences*

Une pièce-somme

Comme Marivaux était possédé par le démon du théâtre, il composa encore, jusqu'à près de soixante-dix ans, un assez bon nombre de « petites pièces », c'est-à-dire de ces comédies en un acte sur lesquelles les spectacles de l'époque s'achevaient souvent si gaiement : *la Joie imprévue, l'Épreuve, la Commère,* etc. Mais *les Fausses Confidences* (16 mars 1737) sont la dernière de ses « grandes pièces » et la somme de son art de dramaturge. C'est aussi le dernier des chefs-d'œuvre joués par les comédiens-italiens, à un moment où ils commençaient à chercher des succès faciles en proposant au public de plus en plus de ballets et de feux d'artifice. Dans l'œuvre de Marivaux comme dans le théâtre du temps, *les Fausses Confidences* occupent une place bien particulière.

D'une façon ou d'une autre, toutes ses pièces représentent des défis, des coups de main, jamais de simples « tranches de vie ». Il serait assez dérisoire d'y chercher, suivant une conception traditionnelle, les comédies « de mœurs » ou « de caractère » (voir p. 201). Il semble difficile également de savoir pourquoi Marivaux a destiné certaines d'entre elles au Théâtre-Italien et d'autres à la Comédie-Française. On peut cependant percevoir dans ces dernières que leur auteur a voulu aller aussi loin qu'il pouvait le faire (voir la dédicace de *la Seconde Surprise de l'amour*) et, en même temps, ces pièces sont proches des comédies de mœurs : en effet, Marivaux s'y montre toujours particulièrement attentif aux modes du moment et aux moindres courants nouveaux de sensibilité. Or, *les Fausses Confidences* représentent la parfaite fusion de son inspiration « italienne » et de son inspiration « française ». En faisant parler et réagir l'incorrigible Mme Argante, qui tient à la fois de Mme Pernelle (vieille femme autoritaire et acariâtre du *Tartuffe*) et de M. Jourdain (le bourgeois gentilhomme), il s'est amusé à camper un personnage presque plus « moliéresque » (voir p. 203) que nature. En construisant son intrigue, il a ménagé un merveilleux mariage du naturel et de la théâtralité.

Comédiens-italiens.
Tableau de Jean-Antoine Watteau (1684-1721).
National Gallery, Washington.

13

Alors que le spectateur va être pris dans une aventure assez vertigineuse, il partage avec un certain plaisir, au rythme d'une journée tranquille, la vie quotidienne d'une vaste demeure parisienne grande ouverte sur le monde extérieur, côté cour et côté jardin. Il ne s'agit pour l'héroïne que de consulter son nouvel intendant sur les conditions d'un procès d'où peut dépendre son mariage. Cet entretien, interrompu et toujours repris, constitue, en principe, toute la trame de la pièce. Pendant ce temps, par petites touches, s'impose ce qu'une vingtaine d'années plus tard les auteurs de drames bourgeois (voir p. 202) ont exploité à outrance, systématisé et souvent un peu gâché : la maison qui vit, avec toutes sortes d'allées et venues, les commissions qu'on va faire à l'extérieur, les états d'âme des domestiques, la marchande qui vient montrer ses étoffes, l'entrée du garçon joaillier. Autant de moments qui valent par eux-mêmes et contribuent à l'aération de l'intrigue.

L'enjeu social

Dans les œuvres de Marivaux qui ont immédiatement précédé *les Fausses Confidences* (comme *le Legs* et *le Paysan parvenu*), l'auteur avait abordé avec hardiesse le problème de l'argent et celui de l'ascension sociale. Dans *les Fausses Confidences,* l'enjeu est encore plus important, puisqu'il s'agit de savoir si un roturier sans le sou, comme Dorante, pourra rivaliser auprès d'une jeune veuve richissime avec son prétendant officiel, un comte promis à une belle carrière. De plus, assez vite, deux camps opposés se forment : Mme Argante parle de Dorante et s'adresse à lui avec des accents qui ressemblent à ceux du racisme, tandis que l'oncle de Dorante, M. Remy, superbe et plaisante figure de bourgeois, atteint dans sa dignité, est amené à le défendre bec et ongles contre les préjugés aristocratiques.

Une forme de réplique
à la « comédie larmoyante »

Le critique Lucette Pérol a bien montré la place que *les Fausses Confidences* occupent, entre *Turcaret,* de Lesage (1709), et *le Philosophe sans le savoir,* de Sedaine (1765), dans l'évocation de la montée de la bourgeoisie. Est-ce une raison suffisante pour y voir la première « comédie bourgeoise » ? Sans doute pas tout à fait. Car, depuis le triomphe du *Préjugé à la mode,* de Nivelle de La Chaussée (1735), la « comédie larmoyante » (voir p. 201) était très en vogue : c'est elle qui a préparé l'avènement du drame en exaltant la bonne conscience bourgeoise, jusque dans ses naïves effusions sentimentales.

On pourrait même considérer *les Fausses Confidences* comme une manifestation symbolique de l'esprit du théâtre de Marivaux envers et contre tout ce que représente la comédie larmoyante : il ne cesse d'y jouer sur des effets spécifiquement dramatiques, ou même de théâtre dans le théâtre (« Ah ! la belle chute ! », s'écrie Mme Argante au dénouement), et il arrive à rendre particulièrement comiques certains moments émouvants, comme la scène où Araminte et Dorante, tout effarés, se parlent d'amour en se parlant d'affaires (acte III, sc. 12).

Une aventure vertigineuse

La position d'Araminte

Araminte, veuve de financier comme l'est sans doute sa mère, Mme Argante, a hérité d'une grande fortune. C'est une jeune femme charmante, réfléchie, « extrêmement raisonnable », mais vive, spontanée, profondément naturelle. Tous les gens de sa maison semblent l'adorer : le naïf Arlequin lui voue une affection quasi religieuse, son premier valet, Dubois, est vite devenu son homme de confiance et pour sa suivante, la toute jeune Marton (rôle tenu lors des premières représentations par une actrice qui n'avait pas vingt ans), elle est une protectrice et une amie.

Quand s'engage l'action de la pièce, Araminte se trouve à un carrefour de sa vie : sa mère la presse d'épouser le comte dont les terres sont voisines des siennes. Quel beau mariage ce serait ! Mme Argante en a déjà l'eau à la bouche. Sa fille jouirait d'un beau nom et d'un rang prestigieux, elle entrerait dans le cercle restreint de la plus haute aristocratie ! Enfin, ce mariage réglerait le problème de possession d'une terre pour laquelle un procès a été engagé entre le comte et Araminte.

La jeune femme ne semble pas avoir de répugnance particulière envers le comte, mais elle accueille ce projet avec une certaine « indolence » et voudrait au moins savoir ce qu'il en est de son droit. Pour débrouiller l'affaire, il lui faut un intendant et elle peut avoir quelques raisons de se méfier de celui que Mme Argante et le comte viennent lui proposer. M. Remy, le procureur de la famille, lui envoie son neveu Dorante...

Quand elle l'aperçoit, de loin, sur la terrasse, elle a une

Jeune Femme en pied.
Dessin de François Watteau (1758-1823).
Musée Carnavalet, Paris.

petite pointe d'inquiétude : que dira-t-on d'elle si elle engage un intendant si jeune et si bien tourné ? Mais dès leur premier entretien passe entre eux un grand courant de sympathie. Araminte n'a pas le moindre préjugé social et elle noue immédiatement avec Dorante des relations amicales (acte I, sc. 8).

Le défi de Dubois

Or Dorante est passionnément amoureux d'Araminte et Dubois (son ancien valet passé au service de la jeune femme) lui a annoncé avec un aplomb imperturbable qu'il le voyait déjà « en déshabillé dans l'appartement de Madame » (acte I, sc. 2)... Comment penser qu'avec soixante livres de rente, tout au plus, il pourra épouser une femme qui en a au moins cinquante mille (plus de 300 000 francs actuels par mois !) ? Comment Marivaux parviendra-t-il à faire croire à cette fable en une heure et demie ou une heure trois quarts (le temps de la représentation) ? C'est pourtant le défi qu'il s'impose d'entrée de jeu.

Ce défi, il va le tenir en utilisant toutes sortes de ressources dramatiques, entrées et sorties réglées à point nommé, suspense, rebonds et surprises. Sitôt qu'apparaît Dubois se produisent toutes sortes d'effets d'accélération, d'électrisation et, dans tout le cours de la pièce, des jeux de rappel, d'écho, d'allusions symboliques qui contribuent à faire de cette comédie une véritable création poétique.

Araminte à cœur ouvert

Le dramaturge communique au spectateur la certitude rayonnante de son meneur de jeu en lui faisant savourer les réactions des autres personnages. Ainsi, tout en sympathisant avec Araminte, le spectateur partage la jubilation que Dubois éprouve à la voir réagir exactement comme prévu. D'abord un peu choquée par l'évocation que Dubois fait de l'amour de Dorante (une évocation paroxystique qu'il s'amuse à rendre, en même temps, très drôle), Araminte ne peut s'empêcher d'être flattée de susciter une telle passion, un amour fou ! Elle se trouve donc immédiatement de bonnes raisons d'attendre encore un peu pour congédier son intendant. Ce n'est pas du tout une coquette et pourtant, sans qu'elle s'en doute, elle réagit un peu comme celle, cynique, dont Marivaux avait dépeint la mentalité dans un passage particulièrement amer du *Cabinet du philosophe* : « Elle ne sent rien que le plaisir de voir un fou, un homme troublé, dont la démence, l'ivresse et la dégradation font honneur à ses charmes. Voyons, dit-elle, jusqu'où ira sa folie ; contemplons ce que je vaux dans les égarements où je le jette. »

Mais Dorante garde indéfectiblement le silence sur son amour... Dès lors, sans le savoir, sous prétexte de se donner une bonne raison de le chasser, elle n'aura plus qu'un désir, forcené : lui arracher un aveu. C'est ce qu'elle fait dans la grande scène où elle lui dicte, avec tant de cruauté, la lettre où elle annonce au comte qu'elle va l'épouser. À cet instant, elle n'est plus elle-même, car elle se livre toute à des forces qui la dépassent. Mais elle n'avait pas prévu que cette épreuve sans merci se transformerait en épreuve réciproque ; elle ignorait qu'elle n'avait cherché, au fond, qu'à partager avec son amoureux ce moment de l'aveu, moment d'égarement et sans doute aussi, déjà, de plaisir. Il s'agit vraiment là du tournant de la pièce.

Un complot impitoyable

D'après Dubois, l'entreprise amoureuse de Dorante ne devait réussir, précisément, que parce qu'Araminte n'est pas une femme légère : plus elle se débattrait contre l'amour, plus elle subirait son emprise. C'est bien effectivement ce qui se passe, puisqu'elle ne cesse de lutter contre elle-même et contre son entourage, pour se cacher la vérité, pour sauver les apparences et finalement... pour défendre Dorante, avec toutes ses armes, dont l'ironie et le sourire.

Le complot monté par Dubois revêt un caractère impitoyable (comme d'ailleurs l'action conçue par le dramaturge), puisque, sans le vouloir, tous les personnages contribuent au succès de la machination. C'est même le cas de la pauvre Marton, quand elle devient, avec tant d'illusions, la rivale, l'ennemie de sa maîtresse. Toute l'intrigue se fonde sur la certitude qui animait les libertins : en connaissant à fond les mécanismes du cœur, on peut en jouer à coup sûr ; la corde qu'on aura touchée résonnera exactement comme il était prévu...

Le triomphe de l'amour

Cependant, ce complot n'aurait jamais pu assurer à lui seul le succès de l'entreprise. Celle-ci réussit parce qu'Araminte sent tout ce qu'a de fervent l'amour de Dorante, et que le langage de parfait serviteur derrière lequel il se retranche si longtemps laisse transparaître ce qui est peut-être le trait le plus fort de cet amour : son désir de la voir, encore et toujours.

Dorante laisse agir Dubois comme il l'entend, il ne répugne pas à participer à son complot. Mais, s'il conquiert Araminte, c'est bien finalement parce que, comme le valet le disait à la jeune femme dans une phrase cocasse et pleine d'humour : « Il a un respect, une adoration, une humilité pour [elle] qui n'est pas concevable » (acte I, sc. 14). La sincérité du jeune homme transparaît, chemin faisant, jusque dans des répliques passablement comiques :
« DUBOIS, *comme en fuyant.* [...] Elle espère vous guérir par l'habitude de la voir.

DORANTE, *charmé.* Sincèrement ? » (acte I, sc. 16, l. 6 à 9).

Cette sincérité éclate au dénouement lorsque, après l'aveu « vif et naïf » d'Araminte, Dorante croit ruiner sa propre cause et perdre sa bien-aimée pour toujours en reconnaissant l'artifice auquel il s'est prêté. Il ne reste plus alors aux deux jeunes gens qu'à se regarder face à face, « quelque temps sans parler », puis à aller, sereinement, affronter le regard de Mme Argante, du comte et de toute leur société.

Pierre Carlet de Chamblain de Marivaux.
Gravure de Massard d'après Van Loo (1707 - 1771).
Bibliothèque nationale, Paris.

MARIVAUX

Les Fausses Confidences

comédie
représentée pour la première fois
par les comédiens-italiens
le 16 mars 1737

Personnages

Araminte, *fille de Madame Argante.*
Dorante, *neveu de Monsieur Remy.*
Monsieur Remy, *procureur.*
Madame Argante.
Arlequin, *valet d'Araminte.*
Dubois, *ancien valet de Dorante.*
Marton, *suivante d'Araminte.*
Le Comte.
Un domestique parlant.
Un garçon joaillier.

La scène est chez Madame Argante.

Acte premier

SCÈNE PREMIÈRE. DORANTE, ARLEQUIN.

ARLEQUIN, *introduisant Dorante.* Ayez la bonté, Monsieur, de vous asseoir un moment dans cette salle, Mademoiselle Marton est chez Madame et ne tardera pas à descendre.

DORANTE. Je vous suis obligé.

5 ARLEQUIN. Si vous voulez, je vous tiendrai compagnie, de peur que l'ennui ne vous prenne ; nous discourerons[1] en attendant.

DORANTE. Je vous remercie ; ce n'est pas la peine, ne vous détournez point[2].

10 ARLEQUIN. Voyez, Monsieur, n'en faites pas de façon : nous avons ordre de Madame d'être honnête[3], et vous êtes témoin que je le suis.

DORANTE. Non, vous dis-je, je serai bien aise d'être un moment seul.

15 ARLEQUIN. Excusez, Monsieur, et restez à votre fantaisie[4].

---

1. *Nous discourerons :* Arlequin n'a pas toujours un langage parfaitement châtié. Dans la plupart des éditions qui ont suivi l'édition originale on trouve la forme normalisée et corrigée : « nous discourrons ».
2. *Ne vous détournez point :* ne vous dérangez pas pour moi.
3. *Honnête :* poli.
4. *À votre fantaisie :* à votre guise.

SCÈNE 2. DORANTE, DUBOIS, *entrant avec un air de mystère.*

DORANTE. Ah ! te voilà ?

DUBOIS. Oui, je vous guettais.

DORANTE. J'ai cru que je ne pourrais me débarrasser d'un domestique qui m'a introduit ici, et qui voulait absolument
5 me désennuyer en restant. Dis-moi, Monsieur Remy n'est donc pas encore venu ?

DUBOIS. Non, mais voici l'heure à peu près qu'il vous a dit[1] qu'il arriverait. *(Il cherche et regarde.)* N'y a-t-il là personne qui nous voie ensemble ? Il est essentiel que les domestiques
10 ici ne sachent pas que je vous connaisse.

DORANTE. Je ne vois personne.

DUBOIS. Vous n'avez rien dit de notre projet à Monsieur Remy, votre parent ?

DORANTE. Pas le moindre mot. Il me présente de la
15 meilleure foi du monde, en qualité d'intendant, à cette dame-ci dont je lui ai parlé, et dont il se trouve le procureur ; il ne sait point du tout que c'est toi qui m'as adressé à lui : il la prévint hier, il m'a dit que je me rendisse ce matin ici, qu'il me présenterait à elle, qu'il y serait avant moi, ou que
20 s'il n'y était pas encore, je demandasse une Mademoiselle Marton. Voilà tout, et je n'aurais garde de lui confier notre projet, non plus qu'à personne ; il me paraît extravagant, à moi qui m'y prête. Je n'en suis pourtant pas moins sensible à ta bonne volonté, Dubois, tu m'as servi[2], je n'ai pu te
25 garder, je n'ai pu même te bien récompenser de ton zèle ;

---

1. *Qu'il vous a dit* : où il vous a dit. (Construction habituelle jusque vers la fin du XVIIIe siècle.)
2. *Tu m'as servi* : tu as été à mon service.

malgré cela, il t'est venu dans l'esprit de faire ma fortune[1] : en vérité, il n'est point de reconnaissance que je ne te doive !

DUBOIS.   Laissons cela, Monsieur ; tenez, en un mot, je suis content de vous, vous m'avez toujours plu ; vous êtes un

30 excellent homme, un homme que j'aime, et si j'avais bien de l'argent, il serait encore à votre service.

DORANTE.   Quand pourrai-je reconnaître tes sentiments pour moi ? ma fortune serait la tienne ; mais je n'attends rien de notre entreprise, que la honte d'être renvoyé demain.

35 DUBOIS.   Eh bien, vous vous en retournerez.

DORANTE.   Cette femme-ci a un rang dans le monde ; elle est liée avec tout ce qu'il y a de mieux : veuve d'un mari qui avait une grande charge dans les finances ; et tu crois qu'elle fera quelque attention à moi, que je l'épouserai, moi

40 qui ne suis rien, moi qui n'ai point de bien ?

DUBOIS.   Point de bien ! Votre bonne mine est un Pérou[2] ! Tournez-vous un peu, que je vous considère encore : allons, Monsieur, vous vous moquez, il n'y a point de plus grand seigneur que vous à Paris. Voilà une taille qui vaut toutes les

45 dignités[3] possibles, et notre affaire est infaillible, absolument infaillible ; il me semble que je vous vois déjà en déshabillé[4] dans l'appartement de Madame.

DORANTE.   Quelle chimère !

DUBOIS.   Oui, je le soutiens. Vous êtes actuellement dans

50 votre salle[5] et vos équipages sont sous la remise.

---

1. *Faire ma fortune :* assurer mon succès, mon bonheur.
2. *Votre bonne mine est un Pérou :* Dubois joue sur les mots ; la physionomie de Dorante est une véritable mine d'or, comparable aux richesses fabuleuses découvertes au Pérou...
3. *Dignités :* charges et titres honorifiques.
4. *Déshabillé :* vêtement réservé à l'intimité de la maison.
5. *Salle :* ici, salle de séjour.

DORANTE.   Elle a plus de cinquante mille livres de rente[1],
Dubois.

DUBOIS.   Ah ! Vous en avez bien soixante[2] pour le moins.

DORANTE.   Et tu me dis qu'elle est extrêmement
55 raisonnable ?

DUBOIS.   Tant mieux pour vous, et tant pis pour elle. Si
vous lui plaisez, elle en sera si honteuse, elle se débattra tant,
elle deviendra si faible, qu'elle ne pourra se soutenir[3] qu'en
épousant ; vous m'en direz des nouvelles. Vous l'avez vue et
60 vous l'aimez ?

DORANTE.   Je l'aime avec passion, et c'est ce qui fait que
je tremble !

DUBOIS.   Oh ! vous m'impatientez avec vos terreurs : eh
que diantre ! un peu de confiance ; vous réussirez, vous dis-
65 je. Je m'en charge, je le veux, je l'ai mis là[4] ; nous sommes
convenus de toutes nos actions, toutes nos mesures sont
prises ; je connais l'humeur de ma maîtresse, je sais votre
mérite, je sais mes talents, je vous conduis, et on vous aimera,
toute raisonnable qu'on est ; on vous épousera, toute fière
70 qu'on est, et on vous enrichira, tout ruiné que vous êtes,
entendez-vous ? Fierté, raison et richesse, il faudra que tout
se rende. Quand l'amour parle, il est le maître, et il parlera :
adieu ; je vous quitte ; j'entends quelqu'un, c'est peut-être
Monsieur Remy, nous voilà embarqués, poursuivons. *(Il fait*
75 *quelques pas, et revient.)* À propos, tâchez que Marton prenne
un peu de goût pour vous. L'Amour et moi nous ferons le
reste.

---

1. *Cinquante mille livres de rente* : revenu énorme équivalant de nos
jours à presque quatre millions de francs annuels.
2. *Soixante* : soixante... livres (soit moins de 5 000 francs mensuels).
3. *Se soutenir* : au sens propre, tenir sur ses jambes. Ici, se remettre,
se rétablir.
4. *Je l'ai mis là* : joignant le geste à la parole, Dubois se touche la
tête.

Acte I Scènes 1 et 2

L'EXPOSITION

1. Qu'apprenons-nous dans la scène 2 :
a) sur les relations entre Dorante et Dubois ?
b) sur les conditions de l'entrée de Dorante dans la maison ?
c) sur la fortune et le caractère d'Araminte ?

2. Pourquoi l'entreprise envisagée peut-elle paraître absolument impossible ? Relevez les deux répliques qui résument d'une façon lumineuse et passablement comique la différence de situation entre Araminte et Dorante.

3. Dorante pourrait apparaître comme un chevalier d'industrie (voir p. 201), un séducteur cynique. Qu'est-ce qui empêche qu'on ait cette impression ?

4. Un argument paradoxal : pourquoi, d'après Dubois, le fait qu'Araminte est « extrêmement raisonnable » représente-t-il un atout important pour la réussite du complot ? Rapprochez les lignes 56 à 72 (sc. 2) de ce que Marivaux écrivait en 1722 dans la dixième feuille d'un de ses journaux, *le Spectateur français* : « Vous ne sauriez croire combien un amant tendre, soumis, et respectueux, sympathise avec une femme sage et vertueuse. La passion de cet amant est elle-même si douce, si noble, si généreuse qu'elle ressemble à une vertu ! [...] Elle lui résiste donc, cela est dans les règles ; mais en résistant, elle entre insensiblement dans un goût d'aventure ; elle se complaît dans les sentiments vertueux qu'elle oppose ; ils lui font comme une espèce de roman noble qui l'attache, et dont elle aime à être l'héroïne. »

LA PRÉPARATION DU COMPLOT

5. La relation de Dorante avec Dubois ressemble-t-elle à celles qu'on est habitué à trouver dans les comédies classiques entre les maîtres et les valets ? Vous étudierez particulièrement les dialogues et les jeux de scène de la scène 2 à l'appui de votre réponse.

6. La scène 2 n'est pas seulement une scène d'exposition (voir p. 202), mais aussi une scène d'action, très animée et amusante.

Comment Dubois s'y prend-il pour galvaniser son ancien maître ?

7. Défi et mystère... En principe toutes les « mesures » des deux conjurés sont « prises ». Pourtant, vers le début et tout à la fin de la scène 2, certaines des prescriptions de Dubois restent tout à fait énigmatiques. Relevez les deux phrases où elles sont énoncées.

LA CRÉATION D'UNE ATMOSPHÈRE

8. Qu'est-ce qu'il y a d'amusant dans la deuxième et la troisième réplique d'Arlequin (sc. 1) ?

9. En quoi la scène 1 et les premiers instants de la scène 2 mettent-ils en valeur l'entrée de Dubois ?

10. Une verve irrésistible : il ne s'agit pas seulement de bousculer un peu Dorante, mais de nous faire participer à un défi exaltant. Dans un autre contexte, les termes assez crus dont Dubois se sert pour évoquer les effets du complot pourraient être tout à fait déplaisants. Comment se manifestent dans sa dernière tirade son enthousiasme et son humour ?

SCÈNE 3. MONSIEUR REMY, DORANTE.

MONSIEUR REMY.   Bonjour, mon neveu ; je suis bien aise de vous voir exact. Mademoiselle Marton va venir, on est allé l'avertir. La connaissez-vous ?

DORANTE.   Non, Monsieur ; pourquoi me le demandez-
5 vous ?

MONSIEUR REMY.   C'est qu'en venant ici, j'ai rêvé[1] à une chose... Elle est jolie, au moins[2].

DORANTE.   Je le crois.

MONSIEUR REMY.   Et de fort bonne famille, c'est moi qui
10 ai succédé à son père ; il était fort ami du vôtre ; homme un peu dérangé[3] ; sa fille est restée sans bien ; la dame d'ici a voulu l'avoir[4] ; elle l'aime, la traite bien moins en suivante qu'en amie ; lui a fait beaucoup de bien[5], lui en fera encore, et a offert même de la marier. Marton a d'ailleurs une vieille
15 parente asthmatique dont elle hérite, et qui est à son aise ; vous allez être tous deux dans la même maison ; je suis d'avis que vous l'épousiez : qu'en dites-vous ?

DORANTE *sourit à part.*   Eh !... Mais je ne pensais pas à elle.

MONSIEUR REMY.   Eh bien, je vous avertis d'y penser ;
20 tâchez de lui plaire. Vous n'avez rien, mon neveu, je dis rien qu'un peu d'espérance ; vous êtes mon héritier, mais je me porte bien, et je ferai durer cela le plus longtemps que je

---

1. *Rêvé* : pensé, réfléchi.
2. *Au moins* : formule d'insistance fréquemment employée à l'époque (comme « par exemple »).
3. *Dérangé* : « celui dont les affaires sont en mauvais état » (*Dictionnaire portatif* de Wailly, 1780).
4. *L'avoir* : la prendre à son service.
5. *Lui a fait beaucoup de bien* : lui a donné des gratifications.

pourrai, sans compter que je puis me marier ; je n'en ai point
d'envie, mais cette envie-là vient tout d'un coup, il y a tant
25 de minois qui vous la donnent : avec une femme on a des
enfants, c'est la coutume, auquel cas, serviteur au collatéral[1] ;
ainsi, mon neveu, prenez toujours vos petites précautions, et
vous mettez[2] en état de vous passer de mon bien, que je
vous destine aujourd'hui, et que je vous ôterai demain peut-
30 être.

DORANTE.   Vous avez raison, Monsieur, et c'est aussi à
quoi je vais travailler.

MONSIEUR REMY.   Je vous y exhorte. Voici Mademoiselle
Marton, éloignez-vous de deux pas, pour me donner le temps
35 de lui demander comment elle vous trouve. *(Dorante s'écarte
un peu.)*

SCÈNE 4.   MONSIEUR REMY, MARTON, DORANTE.

MARTON.   Je suis fâchée, Monsieur, de vous avoir fait
attendre ; mais j'avais affaire chez Madame.

MONSIEUR REMY.   Il n'y a pas grand mal, Mademoiselle,
j'arrive. Que pensez-vous de ce grand garçon-là ? *(Montrant
Dorante.)*

---

1. *Serviteur au collatéral* : « serviteur » est ici une formule ironique
pour exprimer un refus. Si M. Remy se remarie et a des enfants, il
déshéritera Dorante, qui est son neveu, son « collatéral » (parent hors
de la ligne directe).
2. *Vous mettez* : mettez-vous. Place normale du pronom objet suivant
l'usage classique, avant le verbe dont il est complément (comme dans
le Cid de Corneille [1606 - 1684] : « Va, cours, vole et nous venge »,
vers 290).

5 MARTON, *riant.* Eh ! par quelle raison, Monsieur Remy, faut-il que je vous le dise ?

MONSIEUR REMY. C'est qu'il est mon neveu.

MARTON. Eh bien ! ce neveu-là est bon à montrer ; il ne dépare point la famille.

10 MONSIEUR REMY. Tout de bon ? C'est de lui dont j'ai parlé[1] à Madame pour intendant, et je suis charmé qu'il vous revienne[2] : il vous a déjà vue plus d'une fois chez moi quand vous y êtes venue ; vous en souvenez-vous ?

MARTON. Non ; je n'en ai point d'idée[3].

15 MONSIEUR REMY. On ne prend pas garde à tout. Savez-vous ce qu'il me dit la première fois qu'il vous vit ? « Quelle est cette jolie fille-là ? » *(Marton sourit.)* Approchez, mon neveu. Mademoiselle, votre père et le sien s'aimaient beaucoup, pourquoi les enfants ne s'aimeraient-ils pas ? En voilà un qui

20 ne demande pas mieux ; c'est un cœur qui se présente bien.

DORANTE, *embarrassé.* Il n'y a rien là de difficile à croire.

MONSIEUR REMY. Voyez comme il vous regarde ; vous ne feriez pas là une si mauvaise emplette.

MARTON. J'en suis persuadée ; Monsieur prévient en sa
25 faveur[4], et il faudra voir.

MONSIEUR REMY. Bon, bon ! il faudra ! Je ne m'en irai point que[5] cela ne soit vu.

MARTON, *riant.* Je craindrais d'aller trop vite.

DORANTE. Vous importunez Mademoiselle, Monsieur.

---

1. *Dont j'ai parlé :* que j'ai parlé. (Construction peu à peu remplacée dans le courant du XVIIIᵉ siècle par la construction moderne.)
2. *Qu'il vous revienne :* qu'il vous plaise.
3. *Idée :* souvenir.
4. *Prévient en sa faveur :* dispose favorablement à son égard les personnes qu'il rencontre.
5. *Que :* sans que, avant que.

30 MARTON, *riant*.   Je n'ai pourtant pas l'air si indocile.

MONSIEUR REMY, *joyeux*.   Ah ! je suis content, vous voilà
d'accord. Oh ! çà, mes enfants *(il leur prend les mains à tous
deux)*. Je vous fiance, en attendant mieux. Je ne saurais[1] rester ;
je reviendrai tantôt. Je vous laisse le soin de présenter votre
35 futur à Madame. Adieu, ma nièce. *(Il sort.)*

MARTON, *riant*.   Adieu donc, mon oncle.

SCÈNE 5.   MARTON, DORANTE.

MARTON.   En vérité, tout ceci a l'air d'un songe. Comme
Monsieur Remy expédie ! Votre amour me paraît bien prompt,
sera-t-il aussi durable ?

DORANTE.   Autant l'un que l'autre, Mademoiselle.

5 MARTON.   Il s'est trop hâté de partir. J'entends Madame
qui vient, et comme, grâce aux arrangements de Monsieur
Remy, vos intérêts sont presque les miens, ayez la bonté
d'aller un moment sur la terrasse, afin que je la prévienne.

DORANTE.   Volontiers, Mademoiselle.

10 MARTON, *en le voyant sortir*.   J'admire le penchant[2] dont on
se prend tout d'un coup l'un pour l'autre.

---

1. *Je ne saurais :* je ne peux. Dans la langue classique, « savoir » a
souvent le sens de « pouvoir ».
2. *J'admire le penchant :* je m'étonne de ce penchant.

Acte I Scènes 3 à 5

LES PENSÉES D'UN ONCLE À HÉRITAGE

1. Pour quelles raisons M. Remy juge-t-il excellent son projet de mariage ?

2. Les mœurs du temps : en quoi les relations de M. Remy avec son neveu peuvent-elles nous surprendre ?

3. Quels sont les traits de caractère les plus frappants de M. Remy ? Appuyez-vous sur des exemples précis tirés des scènes 3 et 4.

UNE AFFAIRE VITE EXPÉDIÉE

4. Montrez ce qu'a d'expéditif la façon dont M. Remy met en œuvre son projet. N'y a-t-il pas au moins un moment où il ment ? Citez le texte.

5. Commentez brièvement, dans les scènes 3 et 4, les trois phrases qui révèlent le malaise de Dorante.

6. Sur quel ton dit-il « Autant l'un que l'autre » (sc. 5, l. 4) ?

DES RÉPONSES SIMPLEMENT POLIES ?

7. Quelles sont les réactions de Marton ? Quand elle rit, ou sourit, est-ce toujours pour la même raison ? Justifiez votre réponse.

8. Sait-elle parfaitement elle-même ce qu'elle ressent ? Relevez deux phrases de la scène 5 qui donnent à l'épisode une sorte de prolongement poétique.

SCÈNE 6. ARAMINTE, MARTON.

ARAMINTE. Marton, quel est donc cet homme qui vient de me saluer si gracieusement, et qui passe sur la terrasse ? Est-ce à vous à qui il en veut[1] ?

MARTON. Non, Madame, c'est à vous-même.

5 ARAMINTE, *d'un air assez vif.* Eh bien, qu'on le fasse venir, pourquoi s'en va-t-il ?

MARTON. C'est qu'il a souhaité que je vous parlasse auparavant. C'est le neveu de Monsieur Remy, celui qu'il vous a proposé pour homme d'affaires.

10 ARAMINTE. Ah ! c'est là lui ! Il a vraiment très bonne façon.

MARTON. Il est généralement estimé ; je le sais.

ARAMINTE. Je n'ai pas de peine à le croire : il a tout l'air de le mériter. Mais, Marton, il a si bonne mine pour un 15 intendant, que je me fais quelque scrupule de le prendre ; n'en dira-t-on rien ?

MARTON. Et que voulez-vous qu'on dise ? Est-on obligé de n'avoir que des intendants mal faits ?

ARAMINTE. Tu as raison. Dis-lui qu'il revienne. Il n'était 20 pas nécessaire de me préparer à le recevoir. Dès que[2] c'est Monsieur Remy qui me le donne, c'en est assez ; je le prends.

MARTON, *comme s'en allant.* Vous ne sauriez mieux choisir. *(Et puis revenant.)* Êtes-vous convenue du parti[3] que vous lui faites ? Monsieur Remy m'a chargée de vous en parler.

25 ARAMINTE. Cela est inutile. Il n'y aura point de dispute là-dessus. Dès que c'est un honnête homme, il aura lieu d'être content. Appelez-le.

---

1. *Est-ce à vous à qui il en veut :* est-ce vous qu'il vient voir ?
2. *Dès que :* du moment que, puisque.
3. *Du parti :* des conditions (salaire, logement, etc.).

La Soubrette confidente (détail).
Gravure du XVIII⁰ siècle.

MARTON, *hésitant à partir.* On lui laissera ce petit appartement qui donne sur le jardin, n'est-ce pas ?

30 ARAMINTE. Oui, comme il voudra : qu'il vienne. *(Marton va dans la coulisse.)*

SCÈNE 7. DORANTE, ARAMINTE, MARTON.

MARTON. Monsieur Dorante, Madame vous attend.

ARAMINTE. Venez, Monsieur ; je suis obligée à Monsieur Remy d'avoir songé à moi. Puisqu'il me donne son neveu, je ne doute pas que ce ne soit un présent qu'il me fasse. Un

5 de mes amis me parla avant-hier d'un intendant qu'il doit m'envoyer aujourd'hui ; mais je m'en tiens à vous.

DORANTE. J'espère, Madame, que mon zèle justifiera la préférence dont vous m'honorez, et que je vous supplie de me conserver. Rien ne m'affligerait tant à présent que de la

10 perdre.

MARTON. Madame n'a pas deux paroles.

ARAMINTE. Non, Monsieur ; c'est une affaire terminée ; je renverrai tout[1]. Vous êtes au fait[2] des affaires apparemment ; vous y avez travaillé ?

15 DORANTE. Oui, Madame ; mon père était avocat, et je pourrais l'être moi-même.

ARAMINTE. C'est-à-dire que vous êtes un homme de très bonne famille, et même au-dessus du parti[3] que vous prenez.

---

1. *Je renverrai tout :* je ne m'occuperai pas de l'autre intendant que l'on m'a proposé.
2. *Vous êtes au fait :* vous êtes au courant.
3. *Du parti :* de la situation, de l'emploi.

DORANTE. Je ne sens rien qui m'humilie dans le parti que
20 je prends, Madame ; l'honneur de servir une dame comme
vous n'est au-dessous de qui que ce soit, et je n'envierai la
condition de personne.

ARAMINTE. Mes façons ne vous feront point changer de
sentiment. Vous trouverez ici tous les égards que vous méritez ;
25 et si, dans les suites[1], il y avait occasion de vous rendre
service, je ne la manquerai point.

MARTON. Voilà Madame : je la reconnais.

ARAMINTE. Il est vrai que je suis toujours fâchée de voir
d'honnêtes gens sans fortune, tandis qu'une infinité de gens
30 de rien, et sans mérite, en ont une éclatante ; c'est une chose
qui me blesse, surtout dans les personnes de son âge ; car
vous n'avez que trente ans, tout au plus ?

DORANTE. Pas tout à fait encore, Madame.

ARAMINTE. Ce qu'il y a de consolant pour vous, c'est que
35 vous avez le temps de devenir heureux.

DORANTE. Je commence à l'être d'aujourd'hui, Madame.

ARAMINTE. On vous montrera l'appartement que je vous
destine ; s'il ne vous convient pas, il y en a d'autres, et vous
choisirez. Il faut aussi quelqu'un qui vous serve et c'est à
40 quoi je vais pourvoir. Qui lui donnerons-nous, Marton ?

MARTON. Il n'y a qu'à prendre Arlequin, Madame. Je le
vois à l'entrée de la salle et je vais l'appeler. Arlequin ? parlez
à Madame.

---

1. *Dans les suites* : par la suite. (À partir de 1758, les éditions de la
pièce notent « dans la suite ».)

Acte I Scènes 6 et 7

MAÎTRESSE ET SUIVANTE (scène 6)

1. La spontanéité d'Araminte : quelles sont ses réactions à la vue de Dorante ?

2. Relevez deux petits mensonges de Marton. Pour quelle raison se les permet-elle ?

3. Que peuvent traduire les mouvements de Marton (voir les indications scéniques) ?

UN ACCUEIL CHARMANT (scène 7)

4. Quelle raison Araminte se donne-t-elle pour décider tout de suite de prendre Dorante pour intendant ? Ce choix allait-il forcément de lui-même ?

5. Comment s'arrange-t-elle pour donner à sa décision la valeur d'un compliment très délicatement tourné (l. 2 à 6) ?

6. Est-elle très exigeante sur les références professionnelles que peut lui fournir Dorante ? Que pouvez-vous en déduire ?

7. À quoi visent les deux interventions de Marton ?

LA NAISSANCE D'UNE RELATION AMICALE

8. Montrez comment, petit à petit, Araminte en vient à nouer avec Dorante une relation personnelle.

9. S'attendait-on à entendre une veuve de financier dénoncer si vivement l'injustice sociale ? Araminte se contente-t-elle d'énoncer un lieu commun ? Justifiez votre réponse à l'aide d'exemples précis tirés du texte.

10. La mobilité des propos : à qui la jeune femme s'adresse-t-elle successivement (sc. 7, l. 23 à 35) ?

11. Quel type de langage Dorante adopte-t-il en principe pour répondre à Araminte ? Ne peut-on pas faire une double analyse de ces mots convenus ? Laquelle ?

SCÈNE 8. ARAMINTE, DORANTE, MARTON, ARLEQUIN, UN DOMESTIQUE.

ARLEQUIN. Me voilà, Madame.

ARAMINTE. Arlequin, vous êtes à présent à Monsieur ; vous le servirez ; je vous donne à lui.

ARLEQUIN. Comment, Madame, vous me donnez à lui !
5 Est-ce que je ne serai plus à moi ? Ma personne ne m'appartiendra donc plus ?

MARTON. Quel benêt !

ARAMINTE. J'entends[1] qu'au lieu de me servir, ce sera lui que tu serviras.

10 ARLEQUIN, *comme pleurant*. Je ne sais pas pourquoi Madame me donne mon congé : je n'ai pas mérité ce traitement ; je l'ai toujours servie à faire plaisir.

ARAMINTE. Je ne te donne point ton congé, je te payerai pour être à Monsieur.

15 ARLEQUIN. Je représente[2] à Madame que cela ne serait pas juste : je ne donnerai pas ma peine d'un côté, pendant que l'argent me viendra d'un autre. Il faut que vous ayez mon service, puisque j'aurai vos gages ; autrement je friponnerais, Madame.

20 ARAMINTE. Je désespère de lui faire entendre raison.

MARTON. Tu es bien sot ! Quand je t'envoie quelque part, ou que je te dis : fais telle ou telle chose, n'obéis-tu pas ?

ARLEQUIN. Toujours.

MARTON. Eh bien, ce sera Monsieur qui te le dira comme
25 moi, et ce sera à la place de Madame et par son ordre.

---

1. *J'entends* : je veux dire.
2. *Je représente* : je me permets de signaler.

ARLEQUIN.   Ah ! c'est une autre affaire. C'est Madame qui donnera ordre à Monsieur de souffrir mon service, que je lui prêterai par le commandement de Madame.

MARTON.   Voilà ce que c'est.

30 ARLEQUIN.   Vous voyez bien que cela méritait explication.

UN DOMESTIQUE *vient*.   Voici votre marchande qui vous apporte des étoffes, Madame.

ARAMINTE.   Je vais les voir et je reviendrai. Monsieur, j'ai à vous parler d'une affaire ; ne vous éloignez pas.

SCÈNE 9.   DORANTE, MARTON, ARLEQUIN.

ARLEQUIN.   Oh çà, Monsieur, nous sommes donc l'un à l'autre, et vous avez le pas sur moi[1] ? Je serai le valet qui sert, et vous le valet qui serez servi par ordre.

MARTON.   Ce faquin avec ses comparaisons ! Va-t'en.

5 ARLEQUIN.   Un moment, avec votre permission. Monsieur, ne payerez-vous rien ? Vous a-t-on donné ordre d'être servi gratis ? *(Dorante rit.)*

MARTON.   Allons, laisse-nous. Madame te payera ; n'est-ce pas assez ?

10 ARLEQUIN.   Pardi, Monsieur, je ne vous coûterai donc guère ? On ne saurait avoir un valet à meilleur marché.

DORANTE.   Arlequin a raison. Tiens, voilà d'avance ce que je te donne.

ARLEQUIN.   Ah ! voilà une action de maître. À votre aise 15 le reste[2].

---

1. *Vous avez le pas sur moi* : vous avez autorité sur moi (Arlequin doit obéir à Dorante).

2. *À votre aise le reste* : donnez-moi le reste quand vous voudrez.

DORANTE.   Va boire à ma santé.

ARLEQUIN, *s'en allant*.   Oh ! s'il ne faut que boire afin qu'elle soit bonne, tant que je vivrai, je vous la promets excellente. *(À part.)* Le gracieux camarade qui m'est venu là par hasard !

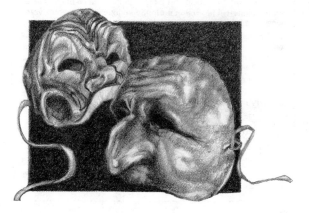

Acte I Scènes 8 et 9

L'EXPRESSIVITÉ D'ARLEQUIN

1. Le propre d'Arlequin, c'est qu'on peut lire tous ses sentiments sur son visage. Comment, dans la scène 8, les trois premières répliques d'Araminte permettent-elles de comprendre la tête qu'il fait ?

2. Comme valet zélé, Arlequin s'applique à garder un langage cérémonieux. Relevez plusieurs expressions ou tours de phrase qui le montrent. Analysez les effets produits.

3. Une de ses phrases est d'autant plus comique qu'elle représente un résumé lumineux de sa nouvelle situation. Citez-la.

4. Relevez dans la scène 8 deux brèves phrases où Arlequin ne peut pas s'empêcher de laisser éclater son indignation, puis son soulagement.

MAÎTRES ET VALETS

5. Étudiez les différentes attitudes d'Araminte vis-à-vis d'Arlequin.

6. D'après ce que dit Marton, Arlequin réagit comme un « benêt ». Mais en cherchant à bien comprendre ce qui lui arrive, ne témoigne-t-il pas d'une profonde logique ? Argumentez votre réponse à l'aide d'exemples précis.

7. Sur les relations entre maîtres et valets, Marivaux a écrit une pièce dont le titre est très évocateur : *l'Île des esclaves* (1725). En quoi les réflexions d'Arlequin sur la condition de valet dans la scène 8 et au début de la scène 9 ont-elles quelque chose de subversif ?

8. Vis-à-vis de Dorante manifeste-t-il la même déférence que vis-à-vis d'Araminte ? Pourquoi ?

UNE « ACTION DE MAÎTRE »

9. Qu'est-ce qu'Arlequin semble aimer tout particulièrement ?

10. Quelle promesse amusante fait-il à son nouveau maître ?

11. Montrez qu'il n'est pas trop difficile de gagner la sympathie d'Arlequin, mais qu'il garde toujours beaucoup d'à-propos.

SCÈNE 10. DORANTE, MARTON,
MADAME ARGANTE, *qui arrive un instant après.*

MARTON. Vous avez lieu d'être satisfait de l'accueil de Madame ; elle paraît faire cas de vous, et tant mieux, nous n'y perdons point. Mais voici Madame Argante ; je vous avertis que c'est sa mère, et je devine à peu près ce qui
5 l'amène.

MADAME ARGANTE, *femme brusque et vaine.* Eh bien, Marton, ma fille a un nouvel intendant que son procureur lui a donné, m'a-t-elle dit, j'en suis fâchée ; cela n'est point obligeant pour Monsieur le Comte, qui lui en avait retenu un ; du moins
10 devait-elle attendre, et les voir tous deux. D'où vient[1] préférer celui-ci ? Quelle espèce d'homme est-ce ?

MARTON. C'est Monsieur, Madame.

MADAME ARGANTE. Eh ! c'est Monsieur ! je ne m'en serais pas doutée ; il est bien jeune.

15 MARTON. À trente ans on est en âge d'être intendant de maison, Madame.

MADAME ARGANTE. C'est selon. Êtes-vous arrêté[2], Monsieur ?

DORANTE. Oui, Madame.

20 MADAME ARGANTE. Et de chez qui sortez-vous ?

DORANTE. De chez moi, Madame : je n'ai encore été chez personne.

MADAME ARGANTE. De chez vous ! Vous allez donc faire ici votre apprentissage ?

---

1. *D'où vient :* pourquoi.
2. *Arrêté :* retenu, définitivement engagé.

25 MARTON.   Point du tout. Monsieur entend les affaires ; il est fils d'un père extrêmement habile.

MADAME ARGANTE, *à Marton, à part*.   Je n'ai pas grande opinion de cet homme-là. Est-ce là la figure d'un intendant ? Il n'en a non plus l'air...

30 MARTON, *à part aussi*.   L'air n'y fait rien : je vous réponds de lui ; c'est l'homme qu'il nous faut.

MADAME ARGANTE.   Pourvu que Monsieur ne s'écarte pas des intentions que nous avons, il me sera indifférent que ce soit lui ou un autre.

35 DORANTE.   Peut-on savoir ces intentions, Madame ?

MADAME ARGANTE.   Connaissez-vous Monsieur le comte Dorimont ? c'est un homme d'un beau nom[1] ; ma fille et lui allaient avoir un procès ensemble, au sujet d'une terre considérable ; il ne s'agissait pas moins que de savoir à qui
40 elle resterait, et on a songé à les marier, pour empêcher qu'ils ne plaident. Ma fille est veuve d'un homme qui était fort considéré dans le monde, et qui l'a laissée fort riche. Mais Madame la comtesse Dorimont aurait un rang si élevé, irait de pair avec des personnes d'une si grande distinction, qu'il
45 me tarde de voir ce mariage conclu ; et, je l'avoue, je serai charmée moi-même d'être la mère de Madame la comtesse Dorimont, et de plus que cela peut-être ; car Monsieur le comte Dorimont est en passe d'aller à tout[2].

DORANTE.   Les paroles sont-elles données de part et
50 d'autre ?

MADAME ARGANTE.   Pas tout à fait encore, mais à peu près : ma fille n'en est pas éloignée. Elle souhaiterait seulement, dit-elle, d'être bien instruite de l'état de l'affaire et savoir si

---

1. *D'un beau nom :* d'une haute noblesse.
2. *En passe d'aller à tout :* sur le point d'occuper les plus hautes charges, de faire la plus brillante carrière.

elle n'a pas meilleur droit que Monsieur le Comte, afin que,
55 si elle l'épouse, il lui en ait plus d'obligation. Mais j'ai
quelquefois peur que ce ne soit une défaite[1]. Ma fille n'a
qu'un défaut ; c'est que je ne lui trouve pas assez d'élévation[2].
Le beau nom de Dorimont et le rang de comtesse ne la
touchent pas assez ; elle ne sent pas le désagrément qu'il y
60 a de n'être qu'une bourgeoise. Elle s'endort dans cet état,
malgré le bien qu'elle a.

DORANTE, *doucement*.   Peut-être n'en sera-t-elle pas plus
heureuse, si elle en sort.

MADAME ARGANTE, *vivement*.   Il ne s'agit pas de ce que
65 vous pensez, gardez votre petite réflexion roturière, et servez-
nous, si vous voulez être de nos amis.

MARTON.   C'est un petit trait de morale qui ne gâte rien
à notre affaire.

MADAME ARGANTE.   Morale subalterne[3] qui me déplaît.

70 DORANTE.   De quoi est-il question, Madame ?

MADAME ARGANTE.   De dire à ma fille, quand vous aurez
vu ses papiers, que son droit est le moins bon ; que si elle
plaidait, elle perdrait.

DORANTE.   Si effectivement son droit est le plus faible, je
75 ne manquerai pas de l'en avertir, Madame.

MADAME ARGANTE, *à part, à Marton*.   Hum ! quel esprit
borné ! *(À Dorante.)* Vous n'y êtes point ; ce n'est pas là ce
qu'on vous dit ; on vous charge de lui parler ainsi,
indépendamment de son droit bien ou mal fondé[4].

---

1. *Défaite* : « excuse artificieuse » (*Dictionnaire de l'Académie,* édition
de 1740).
2. *Élévation* : désir de s'élever, ambition.
3. *Subalterne* : de subalterne.
4. *Bien ou mal fondé* : qu'il soit bien ou mal fondé.

80 DORANTE.   Mais, Madame, il n'y aurait point de probité à
la tromper.

MADAME ARGANTE.   De probité ! J'en manque donc, moi ?
quel raisonnement ! c'est moi qui suis sa mère, et qui vous
ordonne de la tromper à son avantage, entendez-vous ? c'est
85 moi, moi.

DORANTE.   Il y aura toujours de la mauvaise foi de ma
part.

MADAME ARGANTE, *à part, à Marton*.   C'est un ignorant
que cela, qu'il faut renvoyer. Adieu, Monsieur l'homme
90 d'affaires, qui n'avez fait celles de personne.
(Elle sort.)

Acte I Scène 10

UNE « FEMME BRUSQUE ET VAINE »

1. Mme Argante s'empresse de dire ce qu'elle a sur le cœur sans tenir compte de la présence de Dorante. Qu'est-ce que ce fait révèle sur son caractère ? D'après elle, à quoi peut servir Dorante ?

2. En quoi certaines de ses répliques sont-elles particulièrement impolies ?

3. Dans les répliques de Mme Argante, relevez et classez les mots ou expressions ayant trait aux diverses conditions sociales. Dans ce tableau, où placez-vous les personnages de la pièce ?

4. Comment se manifeste l'engouement de Mme Argante pour la condition nobiliaire ? Citez le texte.

5. Montrez l'importance et l'intérêt de la didascalie (voir p. 201) « femme brusque et vaine ».

À CHACUN SA MORALE

6. Quelle est l'attitude de Marton dans cette scène ?

7. Qu'apprend-on de nouveau : a) sur la situation d'Araminte ? b) sur sa mentalité ?

8. Quelles sont les deux répliques les plus révélatrices de Dorante ?

9. Mme Argante fait-elle preuve d'une morale « supérieure » ? Qu'est-ce que cela montre ?

UN PERSONNAGE « MOLIÉRESQUE » ?

10. Qu'y a-t-il de particulièrement comique dans la façon dont s'expriment le ravissement de Mme Argante, puis son irritation et son mépris (reprises de mots, intonations, etc.) ?

11. N'y a-t-il pas un moment où elle est si indignée qu'elle est sur le point d'étouffer ? Comment Marivaux rend-il ce fait ?

12. Pourquoi trouve-t-elle que Dorante a un « esprit borné » ? Par quels arguments répond-elle à son « raisonnement » ?

13. Avec cette scène, Marivaux a certainement pensé à M. Jourdain, « le bourgeois gentilhomme », et à Mme Pernelle du *Tartuffe*. En quoi la prestation de Mme Argante ressemble-t-elle à celle des personnages « moliéresques » (voir p. 203) ?

SCÈNE 11.   DORANTE, MARTON.

DORANTE.   Cette mère-là ne ressemble guère à sa fille.

MARTON.   Oui, il y a quelque différence, et je suis fâchée de n'avoir pas eu le temps de vous prévenir sur son humeur brusque. Elle est extrêmement entêtée de ce mariage, comme
5 vous voyez. Au surplus que vous importe ce que vous direz à la fille, dès que la mère sera votre garant ? vous n'aurez rien à vous reprocher, ce me semble ; ce ne sera pas là une tromperie.

DORANTE.   Eh ! vous m'excuserez : ce sera toujours l'engager
10 à prendre un parti qu'elle ne prendrait peut-être pas sans cela. Puisque l'on veut que j'aide à l'y déterminer, elle y résiste donc ?

MARTON.   C'est par indolence.

DORANTE.   Croyez-moi, disons la vérité.

15 MARTON.   Oh çà, il y a une petite raison à laquelle vous devez vous rendre ; c'est que Monsieur le Comte me fait présent de mille écus[1] le jour de la signature du contrat ; et cet argent-là, suivant le projet de Monsieur Remy, vous regarde aussi bien que moi, comme vous voyez.

20 DORANTE.   Tenez, Mademoiselle Marton, vous êtes la plus aimable fille du monde ; mais ce n'est que faute de réflexion que ces mille écus vous tentent.

MARTON.   Au contraire, c'est par réflexion qu'ils me tentent. Plus j'y rêve, et plus je les trouve bons.

25 DORANTE.   Mais vous aimez votre maîtresse : et si elle n'était pas heureuse avec cet homme-là, ne vous reprocheriez-vous pas d'y avoir contribué pour une si misérable somme ?

---

1. *Mille écus :* trois mille livres (approximativement 200 000 francs actuels).

MARTON.　Ma foi, vous avez beau dire. D'ailleurs, le Comte est un honnête homme, et je n'y entends point de finesse.
30　Voilà Madame qui revient ; elle a à vous parler. Je me retire ; méditez sur cette somme, vous la goûterez aussi bien que moi.

DORANTE.　Je ne suis plus si fâché de la tromper.

SCÈNE 12.　ARAMINTE, DORANTE.

ARAMINTE.　Vous avez donc vu ma mère !

DORANTE.　Oui, Madame, il n'y a qu'un moment.

ARAMINTE.　Elle me l'a dit, et voudrait bien que j'en eusse pris un autre que vous.

5　DORANTE.　Il me l'a paru.

ARAMINTE.　Oui : mais ne vous embarrassez point, vous me convenez.

DORANTE.　Je n'ai point d'autre ambition.

ARAMINTE.　Parlons de ce que j'ai à vous dire ; mais que
10　ceci soit secret entre nous, je vous prie.

DORANTE.　Je me trahirais plutôt moi-même.

ARAMINTE.　Je n'hésite point non plus à vous donner ma confiance. Voici ce que c'est : on veut me marier avec Monsieur le comte Dorimont, pour éviter un grand procès
15　que nous aurions ensemble au sujet d'une terre que je possède.

DORANTE.　Je le sais, Madame ; et j'ai le malheur d'avoir déplu tout à l'heure, là-dessus, à Madame Argante.

ARAMINTE.　Eh ! d'où vient ?

DORANTE.　C'est que si, dans votre procès, vous avez le
20　bon droit de votre côté, on souhaite que je vous dise le contraire, afin de vous engager plus vite à ce mariage ; et j'ai prié qu'on m'en dispensât.

51

ARAMINTE.   Que ma mère est frivole ! Votre fidélité[1] ne me surprend point ; j'y comptais. Faites toujours de même, et ne
25 vous choquez point de ce que ma mère vous a dit, je la désapprouve : a-t-elle tenu quelque discours désagréable ?

DORANTE.   Il n'importe, Madame ; mon zèle et mon attachement en augmentent : voilà tout.

ARAMINTE.   Et voilà pourquoi aussi je ne veux pas qu'on
30 vous chagrine[2], et j'y mettrai bon ordre. Qu'est-ce que cela signifie ? Je me fâcherai, si cela continue. Comment donc ? vous ne seriez pas en repos ! On aura de mauvais procédés avec vous, parce que vous en avez d'estimables ; cela serait plaisant !

35 DORANTE.   Madame, par toute la reconnaissance que je vous dois, n'y prenez point garde : je suis confus de vos bontés, et je suis trop heureux d'avoir été querellé.

ARAMINTE.   Je loue vos sentiments. Revenons à ce procès dont il est question. Si je n'épouse point Monsieur le Comte...

---

1. *Fidélité :* loyauté.
2. *Qu'on vous chagrine :* qu'on vous tourmente.

Acte I Scènes 11 et 12

UNE TENTATION IRRÉSISTIBLE

1. Pourquoi Marton livre-t-elle sans hésiter le fond de sa pensée (sc. 11) ?

2. Que pensez-vous de l'« indolence » évoquée par Marton à propos d'Araminte ?

3. Quelles raisons la jeune suivante invoque-t-elle pour ôter à Dorante tout scrupule, puis pour échapper elle-même à tout problème de conscience ?

4. Quel est le mobile qui l'anime ? Relevez les phrases où elle l'exprime de façon de plus en plus savoureuse.

LES RÉACTIONS DE DORANTE

5. Qu'est-ce qui montre que dans la scène 11 Dorante pense beaucoup à Araminte ?

6. Il s'évertue à mettre en garde Marton... À quel argument finit-il par recourir pour lui faire changer d'avis ?

7. Montrez qu'il en vient à mépriser la jeune fille et qu'il n'en est pas trop mécontent.

UNE ENTENTE IMMÉDIATE

8. De quelle mission Araminte charge-t-elle Dorante ? N'est-ce pas une grande preuve de confiance ? Justifiez votre réponse.

9. Montrez que ce qu'elle dit de sa mère confirme lumineusement ce que celle-ci disait de sa fille dans la scène 10 (l. 56 à 61).

10. La spontanéité : il ne s'agit en principe que de rassurer Dorante. Mais quels sentiments finit-elle par éprouver et pourquoi ?

11. L'attitude de Dorante : au nom de quoi supporte-t-il sans s'en plaindre les rebuffades de Mme Argante ? Relevez deux ou trois formules où il s'exprime comme un parfait — presque trop parfait — serviteur.

SCÈNE 13.   DORANTE, ARAMINTE, DUBOIS.

DUBOIS.   Madame la Marquise se porte mieux, Madame *(il feint de voir Dorante avec surprise),* et vous est fort obligée... fort obligée de votre attention. *(Dorante feint de détourner la tête, pour se cacher de Dubois.)*

ARAMINTE.   Voilà qui est bien.

5 DUBOIS, *regardant toujours Dorante.*   Madame, on m'a chargé aussi de vous dire un mot qui presse.

ARAMINTE.   De quoi s'agit-il ?

DUBOIS.   Il m'est recommandé de ne vous parler qu'en particulier.

10 ARAMINTE, *à Dorante.*   Je n'ai point achevé ce que je voulais vous dire ; laissez-moi, je vous prie, un moment, et revenez.

SCÈNE 14.   ARAMINTE, DUBOIS.

ARAMINTE.   Qu'est-ce que c'est donc que cet air étonné que tu as marqué, ce me semble, en voyant Dorante ? D'où vient cette attention à le regarder ?

DUBOIS.   Ce n'est rien, sinon que je ne saurais plus avoir

5 l'honneur de servir Madame, et qu'il faut que je lui demande mon congé.

ARAMINTE, *surprise.*   Quoi ! Seulement pour avoir vu Dorante ici ?

DUBOIS.   Savez-vous à qui vous avez affaire ?

10 ARAMINTE.   Au neveu de Monsieur Remy, mon procureur.

DUBOIS.   Eh ! par quel tour d'adresse est-il connu de Madame ? Comment a-t-il fait pour arriver jusqu'ici ?

ARAMINTE.   C'est Monsieur Remy qui me l'a envoyé pour intendant.

15 DUBOIS.   Lui, votre intendant ! Et c'est Monsieur Remy qui vous l'envoie ! Hélas ! le bonhomme[1], il ne sait pas qui il vous donne ; c'est un démon que ce garçon-là.

ARAMINTE.   Mais, que signifient tes exclamations ? Explique-toi : est-ce que tu le connais ?

20 DUBOIS.   Si je le connais, Madame ! Si je le connais ! Ah, vraiment oui ; et il me connaît bien aussi. N'avez-vous pas vu comme il se détournait de peur que je ne le visse ?

Dubois (Maurice Garrel) et Araminte (Emmanuelle Riva).
Mise en scène de Jacques Lassalle.
Théâtre Gérard-Philipe, Saint-Denis, 1979.

---

1. *Le bonhomme :* le vieil homme. « On dit dans le discours familier ''bonhomme'', ''bonne femme'', pour signifier [désigner] un homme et une femme qui sont déjà dans un âge avancé » (*Dictionnaire de l'Académie,* 1740).

ARAMINTE. Il est vrai ; et tu me surprends à mon tour.
Serait-il capable de quelque mauvaise action, que tu saches ?
25 Est-ce que ce n'est pas un honnête homme ?

DUBOIS. Lui ! Il n'y a point de plus brave homme dans
toute la terre ; il a, peut-être, plus d'honneur à lui tout seul
que cinquante honnêtes gens ensemble. Oh ! c'est une probité
merveilleuse ; il n'a, peut-être, pas son pareil.

30 ARAMINTE. Eh ! de quoi peut-il donc être question ? D'où
vient que tu m'alarmes ? En vérité j'en suis toute émue.

DUBOIS. Son défaut, c'est là. *(Il se touche le front.)* C'est à
la tête que le mal le tient.

ARAMINTE. À la tête !

35 DUBOIS. Oui, il est timbré ; mais timbré comme cent.

ARAMINTE. Dorante ! Il m'a paru de très bon sens. Quelle
preuve as-tu de sa folie ?

DUBOIS. Quelle preuve ? Il y a six mois qu'il est tombé
fou ; il y a six mois qu'il extravague d'amour, qu'il en a la
40 cervelle brûlée, qu'il en est comme un perdu ; je dois bien le
savoir, car j'étais à lui, je le servais ; et c'est ce qui m'a obligé
de le quitter, et c'est ce qui me force de m'en aller encore ;
ôtez cela, c'est un homme incomparable.

ARAMINTE, *un peu boudant.* Oh bien, il fera ce qu'il voudra ;
45 mais je ne le garderai pas. On a bien affaire d'un esprit
renversé[1] ; et peut-être encore, je gage, pour quelque objet[2]
qui n'en vaut pas la peine, car les hommes ont des fantaisies...

DUBOIS. Ah ! vous m'excuserez ; pour ce qui est de l'objet,
il n'y a rien à dire. Malpeste[3] ! sa folie est de bon goût.

---

1. *Renversé* : dérangé.
2. *Quelque objet* : une femme (objet d'un sentiment amoureux).
3. *Malpeste* : interjection servant à marquer la surprise ou, comme ici,
l'admiration. Autre orthographe : « Malepeste ».

50 ARAMINTE.   N'importe, je veux le congédier. Est-ce que tu la connais, cette personne ?

DUBOIS.   J'ai l'honneur de la voir tous les jours ; c'est vous, Madame.

ARAMINTE.   Moi, dis-tu !

55 DUBOIS.   Il vous adore ; il y a six mois qu'il n'en vit point, qu'il donnerait sa vie pour avoir le plaisir de vous contempler un instant. Vous avez dû voir qu'il a l'air enchanté, quand il vous parle.

ARAMINTE.   Il y a bien, en effet, quelque petite chose qui
60 m'a paru extraordinaire. Eh ! juste ciel ! le pauvre garçon, de quoi s'avise-t-il ?

DUBOIS.   Vous ne croiriez pas jusqu'où va sa démence ; elle le ruine, elle lui coupe la gorge. Il est bien fait, d'une figure passable, bien élevé et de bonne famille ; mais il n'est pas
65 riche ; et vous saurez qu'il n'a tenu qu'à lui d'épouser des femmes qui l'étaient, et de fort aimables, ma foi, qui offraient de lui faire sa fortune et qui auraient mérité qu'on la leur fît à elles-mêmes. Il y en a une qui n'en saurait revenir[1], et qui le poursuit encore tous les jours ; je le sais, car je l'ai
70 rencontrée.

ARAMINTE, *avec négligence.*   Actuellement ?

DUBOIS.   Oui, Madame, actuellement, une grande brune très piquante, et qu'il fuit. Il n'y a pas moyen ; Monsieur refuse tout. Je les tromperais, me disait-il ; je ne puis les aimer, mon
75 cœur est parti ; ce qu'il disait quelquefois la larme à l'œil ; car il sent bien son tort.

ARAMINTE.   Cela est fâcheux. Mais, où m'a-t-il vue, avant que de venir chez moi, Dubois ?

---

1. *Qui n'en saurait revenir :* qui ne pourrait pas s'en remettre (comme d'une maladie inguérissable...).

DUBOIS. Hélas ! Madame, ce fut un jour que vous sortîtes
80 de l'Opéra, qu'il perdit la raison ; c'était un vendredi, je m'en
ressouviens ; oui, un vendredi[1] ; il vous vit descendre l'escalier,
à ce qu'il me raconta, et vous suivit jusqu'à votre carrosse ;
il avait demandé votre nom, et je le trouvai qui était comme
extasié[2] ; il ne remuait plus.

85 ARAMINTE. Quelle aventure !

DUBOIS. J'eus beau lui crier : Monsieur ! Point de nouvelles,
il n'y avait plus personne au logis[3]. À la fin, pourtant, il
revint à lui avec un air égaré. Je le jetai dans une voiture,
et nous retournâmes à la maison. J'espérais que cela se
90 passerait, car je l'aimais : c'est le meilleur maître ! Point du
tout, il n'y avait plus de ressource. Ce bon sens, cet esprit
jovial, cette humeur charmante, vous aviez tout expédié[4]. Et
dès le lendemain nous ne fîmes plus tous deux, lui, que rêver
à vous, que vous aimer ; moi, d'épier[5] depuis le matin jusqu'au
95 soir où vous alliez.

ARAMINTE. Tu m'étonnes à un point !...

DUBOIS. Je me fis même ami d'un de vos gens qui n'y est
plus[6] ; un garçon fort exact, et qui m'instruisait, et à qui je
payais bouteille. C'est à la Comédie[7] qu'on va, me disait-il ;

---

1. *Un vendredi :* le vendredi était le jour où la plus haute société
fréquentait le plus volontiers l'Opéra.
2. *Extasié :* fasciné, en extase. (Ce mot, très rare, avait une force
extraordinaire.)
3. *Il ... personne au logis :* « On dit d'un homme qui est devenu
imbécile ou hébété "Il n'y a plus personne au logis" » (*Dictionnaire
de l'Académie,* édition de 1740).
4. *Tout expédié :* tout fait disparaître, tout « liquidé ».
5. *D'épier :* « qu'épier » ou « que d'épier ». (Le style de Dubois est
quelque peu familier.)
6. *Qui n'y est plus :* qui n'est plus chez vous.
7. *La Comédie :* la Comédie-Française, à Paris.

100 et je courais faire mon rapport, sur lequel, dès quatre heures[1],
mon homme était à la porte. C'est chez Madame celle-ci ;
c'est chez Madame celle-là ; et, sur cet avis, nous allions toute
la soirée habiter la rue, ne vous déplaise, pour voir Madame
entrer et sortir, lui dans un fiacre, et moi derrière ; tous deux
105 morfondus et gelés ; car c'était dans l'hiver ; lui, ne s'en
souciant guère ; moi, jurant par-ci par-là, pour me soulager.

ARAMINTE.   Est-il possible ?

DUBOIS.   Oui, Madame. À la fin, ce train de vie m'ennuya ;
ma santé s'altérait, la sienne aussi. Je lui fis accroire que vous
110 étiez à la campagne, il le crut, et j'eus quelque repos. Mais
n'alla-t-il pas, deux jours après, vous rencontrer aux Tuileries[2],
où il avait été s'attrister de votre absence. Au retour, il était
furieux, il voulut me battre, tout bon qu'il est ; moi, je ne le
voulus point, et je le quittai. Mon bonheur ensuite m'a mis
115 chez Madame, où, à force de se démener, je le trouve parvenu
à votre intendance ; ce qu'il ne troquerait pas contre la place
d'un empereur.

ARAMINTE.   Y a-t-il rien de si particulier ? Je suis si lasse
d'avoir des gens qui me trompent, que je me réjouissais de
120 l'avoir, parce qu'il a de la probité ; ce n'est pas que je sois
fâchée, car je suis bien au-dessus de cela.

DUBOIS.   Il y aura de la bonté à le renvoyer. Plus il voit
Madame, plus il s'achève[3].

ARAMINTE.   Vraiment, je le renverrai[4] bien ; mais ce n'est

---

1. *Quatre heures* : c'est-à-dire une heure et demie avant le début du spectacle.
2. *Aux Tuileries* : le jardin des Tuileries, entre le palais du Louvre et l'actuelle place de la Concorde à Paris, était alors la promenade le plus à la mode.
3. *Plus il s'achève* : plus il se tue.
4. *Renverrai* : Marivaux emploie le futur là où on emploierait le conditionnel.

125 pas là ce qui le guérira. D'ailleurs, je ne sais que dire à
Monsieur Remy, qui me l'a recommandé ; et ceci m'embarrasse.
Je ne vois pas trop comment m'en défaire, honnêtement[1].

DUBOIS.   Oui ; mais vous ferez un incurable, Madame.

ARAMINTE, *vivement*.   Oh ! tant pis pour lui. Je suis dans des
130 circonstances où je ne saurais me passer d'un intendant ; et
puis, il n'y a pas tant de risque que tu le crois : au contraire,
s'il y avait quelque chose qui pût ramener[2] cet homme, c'est
l'habitude de me voir plus qu'il n'a fait, ce serait même un
service à lui rendre.

135 DUBOIS.   Oui, c'est un remède bien innocent. Premièrement,
il ne vous dira mot ; jamais vous n'entendrez parler de son
amour.

ARAMINTE.   En es-tu bien sûr ?

DUBOIS.   Oh ! il ne faut pas en avoir peur ; il mourrait
140 plutôt. Il a un respect, une adoration, une humilité pour
vous, qui n'est pas concevable. Est-ce que vous croyez qu'il
songe à être aimé ? Nullement. Il dit que dans l'univers il
n'y a personne qui le mérite ; il ne veut que vous voir, vous
considérer, regarder vos yeux, vos grâces, votre belle taille ;
145 et puis c'est tout : il me l'a dit mille fois.

ARAMINTE, *haussant les épaules*.   Voilà qui est bien digne de
compassion ! Allons, je patienterai quelques jours, en attendant
que j'en aie un autre ; au surplus, ne crains rien, je suis
contente de toi ; je récompenserai ton zèle, et je ne veux pas
150 que tu me quittes ; entends-tu, Dubois ?

DUBOIS.   Madame, je vous suis dévoué pour la vie.

---

1. *Honnêtement* : d'une manière honorable, polie, sans lui faire injure.
2. *Ramener* : « On dit "ramener un homme", pour dire le radoucir, le
faire revenir de son emportement » (*Dictionnaire de l'Académie*, 1740.)

ARAMINTE.   J'aurai soin de toi. Surtout qu'il ne sache pas
que je suis instruite ; garde un profond secret ; et que tout
le monde, jusqu'à Marton, ignore ce que tu m'as dit ; ce sont
155 de ces choses qui ne doivent jamais percer.

DUBOIS.   Je n'en ai jamais parlé qu'à Madame.

ARAMINTE.   Le voici qui revient ; va-t'en.

Acte I Scènes 13 et 14

UNE MISE EN SCÈNE SAISISSANTE

1. Sur quel rythme est jouée la scène 13 ? À quoi vise la manœuvre de Dubois ? Quelle atmosphère cherche-t-il à créer ?

2. Par quel coup de théâtre commence la scène 14 ? Comment Dubois arrive-t-il à susciter la curiosité, puis l'inquiétude d'Araminte ?

3. Une révélation savamment dosée : qu'est-ce que Dubois apprend successivement à Araminte ? Quel conseil finit-il par lui donner ?

4. Quelles sont les réactions de la jeune femme ? (Distinguez-en trois formes très différentes.)

UNE « CONFIDENCE » PAR PERSONNE INTERPOSÉE

5. Dubois confie à Araminte ce que Dorante ne pourrait absolument pas lui dire... Comment présente-t-il l'amour que celui-ci éprouve pour la jeune femme ?

6. À quoi, d'après lui, se bornent les prétentions de Dorante ? (Il revient sur ce point à plusieurs moments de la scène, et parfois de façon passablement comique.) Analysez les expressions employées par Dubois.

7. Pour quelles raisons parle-t-il des femmes qui auraient bien voulu « faire [la] fortune » de Dorante, et en particulier de la « grande brune très piquante » ?

8. Au cœur de la scène son récit devient tout un petit roman. Comment s'arrange-t-il pour que ce récit soit saisissant et en même temps sonne vrai ? Peut-on savoir jusqu'à quel point tout ce qu'il rapporte est exact ? Qu'est-ce qui vous semble faux ?

HUMOUR ET COMIQUE

9. Dubois a beaucoup d'humour... Qu'est-ce qu'il y a d'amusant dans la façon dont il parle de Dorante dans la première partie de la scène 14 ? Relevez deux expressions où l'éloge auquel il se livre prend des proportions extraordinaires et deux autres particulièrement pittoresques.

10. Qu'y a-t-il de pittoresque et d'un peu trop expressif dans le récit de Dubois ? Citez quelques exemples concrets.

11. Garder cet amoureux ou pas ? En quoi le changement d'attitude d'Araminte à l'égard de Dorante est-il comique ?

12. Quels prétextes Araminte se donne-t-elle pour garder Dorante à son service ? Dans quelle phrase Dubois met-il l'accent sur ce qu'a de curieux l'argument auquel elle recourt finalement ?

SCÈNE 15.   DORANTE, ARAMINTE.

ARAMINTE, *un moment seule.*   La vérité est que voici une confidence dont je me serais bien passée moi-même.

DORANTE.   Madame, je me rends à vos ordres.

ARAMINTE.   Oui, Monsieur ; de quoi vous parlais-je ? Je l'ai
5   oublié.

DORANTE.   D'un procès avec Monsieur le comte Dorimont.

ARAMINTE.   Je me remets[1]. Je vous disais qu'on veut nous marier.

DORANTE.   Oui, Madame ; et vous alliez, je crois, ajouter
10   que vous n'étiez pas portée à ce mariage.

ARAMINTE.   Il est vrai. J'avais envie de vous charger d'examiner l'affaire, afin de savoir si je ne risquerais rien à plaider ; mais je crois devoir vous dispenser de ce travail ; je ne suis pas sûre de pouvoir vous garder.

15   DORANTE.   Ah ! Madame, vous avez eu la bonté de me rassurer là-dessus.

ARAMINTE.   Oui ; mais je ne faisais pas réflexion que j'ai promis à Monsieur le Comte de prendre un intendant de sa main[2] ; vous voyez bien qu'il ne serait pas honnête de lui
20   manquer de parole ; et du moins faut-il que je parle à celui qu'il m'amènera.

DORANTE.   Je ne suis pas heureux ; rien ne me réussit, et j'aurai la douleur d'être renvoyé.

ARAMINTE, *par faiblesse.*   Je ne dis pas cela. Il n'y a rien de
25   résolu là-dessus.

DORANTE.   Ne me laissez point dans l'incertitude où je suis, Madame.

---

1. *Je me remets :* je me rappelle.
2. *De sa main :* de son choix.

ARAMINTE.　Eh ! mais, oui ; je tâcherai que vous restiez ; je tâcherai.

30　DORANTE.　Vous m'ordonnez donc de vous rendre compte de l'affaire en question ?

ARAMINTE.　Attendons ; si j'allais épouser le Comte, vous auriez pris une peine inutile.

DORANTE.　Je croyais avoir entendu dire à Madame qu'elle 35　n'avait point de penchant pour lui.

ARAMINTE.　Pas encore.

DORANTE.　Et d'ailleurs, votre situation est si tranquille et si douce.

ARAMINTE, *à part.*　Je n'ai pas le courage de l'affliger !...Eh 40　bien, oui-da ; examinez toujours, examinez. J'ai des papiers dans mon cabinet, je vais les chercher. Vous viendrez les prendre, et je vous les donnerai. *(En s'en allant.)* Je n'oserais presque le regarder !

SCÈNE 16.　DORANTE, DUBOIS, *venant d'un air mystérieux et comme passant.*

DUBOIS.　Marton vous cherche pour vous montrer l'appartement qu'on vous destine. Arlequin est allé boire ; j'ai dit que j'allais vous avertir. Comment vous traite-t-on ?

DORANTE.　Qu'elle est aimable ! Je suis enchanté ! De quelle 5　façon a-t-elle reçu ce que tu lui as dit ?

DUBOIS, *comme en fuyant.*　Elle opine[1] tout doucement à vous garder par compassion. Elle espère vous guérir par l'habitude de la voir.

---

1. *Elle opine :* elle incline.

DORANTE, *charmé*.   Sincèrement ?

10   DUBOIS.   Elle n'en réchappera point ; c'est autant de[1] pris.
Je m'en retourne.

DORANTE.   Reste, au contraire ; je crois que voici Marton.
Dis-lui que Madame m'attend pour me remettre des papiers,
et que j'irai la trouver dès que je les aurai.

15   DUBOIS.   Partez ; aussi bien ai-je un petit avis à donner à
Marton. Il est bon de jeter dans tous les esprits les soupçons
dont nous avons besoin.

SCÈNE 17.   DUBOIS, MARTON

MARTON.   Où est donc Dorante ? Il me semble l'avoir vu
avec toi.

DUBOIS, *brusquement*.   Il dit que Madame l'attend pour des
papiers ; il reviendra ensuite. Au reste, qu'est-il nécessaire qu'il

5   voie cet appartement ? S'il n'en voulait pas, il serait bien
délicat : pardi, je lui conseillerais...

MARTON.   Ce ne sont pas là tes affaires : je suis les ordres
de Madame.

DUBOIS.   Madame est bonne et sage ; mais prenez garde,

10   ne trouvez-vous pas que ce petit galant-là fait les yeux doux ?

MARTON.   Il les fait comme il les a.

DUBOIS.   Je me trompe fort, si je n'ai pas vu la mine de
ce freluquet considérer, je ne sais où, celle de Madame.

MARTON.   Eh bien, est-ce qu'on te fâche quand on la trouve

15   belle ?

---

1. *C'est autant de :* c'est toujours cela de.

DUBOIS.   Non ; mais je me figure quelquefois qu'il n'est venu ici que pour la voir de plus près.

MARTON, *riant*.   Ah ! ah ! quelle idée ! Va, tu n'y entends rien ; tu t'y connais mal.

20   DUBOIS, *riant*.   Ah ! ah ! Je suis donc bien sot.

MARTON, *riant en s'en allant*.   Ah ! ah ! l'original avec ses observations !

DUBOIS, *seul*.   Allez, allez, prenez toujours ; j'aurai soin de vous les faire trouver meilleures. Allons faire jouer toutes nos
25   batteries.

Acte I Scènes 15 à 17

LA TÊTE ET LE CŒUR D'ARAMINTE

1. Que révèle la distraction d'Araminte au début de la scène 15 ?

2. À quel coup de surprise (voir p. 201) assiste-t-on bientôt ? Araminte vous semble-t-elle tout à fait de bonne foi quand elle explique sa décision ?

3. Arrive-t-elle à être ferme bien longtemps ? Appuyez-vous sur des exemples précis.

4. Comment se manifeste son trouble dans la dernière réplique de la scène 15 ?

DEUX « ACTEURS DE BONNE FOI »

5. Dorante prononce une réplique (sc. 15) qui peut particulièrement toucher Araminte, laquelle ? (Rapprochez cette réplique des lignes 7 à 10, scène 7, et 25 à 27, scène 11). Il parle ensuite très peu, mais de façon très efficace. En quoi ?

6. Dans la scène 16, paraît-il très ému de ce qu'Araminte lui a dit dans la scène précédente ? Pourquoi ? Sur quelles impressions reste-t-il ?

7. N'a-t-il pas une réplique amusante soulignée par une notation scénique qui ressemble à un lapsus (voit p. 203) révélateur et tend à prouver à quel point il est amoureux ? Pourquoi ?

8. Dans la scène 17, Marton est-elle toujours la même, ou pas ? Justifiez votre réponse.

UN ÉLAN COMMUNICATIF

9. Les événements s'accélèrent... Montrez que le dramaturge imprime un rythme très rapide à toute cette fin d'acte.

10. Comment Dubois s'y prend-il pour agir sur Dorante dans la scène 16 ?

11. De quels « soupçons » s'agit-il ligne 16 (sc. 16) ?

12. Dubois aime afficher sa certitude et lancer des défis. Quels sont les passages où s'exprime cette mentalité ?

Ensemble de l'acte I

NATUREL ET THÉÂTRALITÉ

1. Un des charmes de la pièce, c'est qu'on nous y fait participer à la vie quotidienne d'une grande maison du temps. Chacun vaque à ses occupations ; à un instant, Araminte sort pour recevoir une marchande d'étoffes ; elle rencontre aussi plusieurs fois sa mère en dehors de la scène : à quels moments ? et quel est l'effet de ces rencontres ?

2. Tout cet acte repose en principe sur un schéma très simple : on assiste à l'entrée dans la maison d'un nouvel intendant, puis Araminte s'entretient avec lui de ses affaires... Seulement cet entretien est brusquement interrompu et il prend un cours assez particulier. D'une manière générale, toutes sortes d'incidents ou d'intrusions viennent corser l'intrigue. Lesquels vous semblent les plus frappants ?

3. La dramatisation (voir p. 202) : Marivaux donne une portée très expressive aux entrées et aux sorties des personnages. Lesquelles vous paraissent être les plus réussies ?

4. Le dramaturge crée une atmosphère changeante et nous amène à savourer certaines scènes pour elles-mêmes. Pourtant aucune ne peut être considérée comme un simple intermède (voir p. 202), car toutes apportent des données importantes pour la suite de l'intrigue (voir p. 202) et la séparation en deux camps des personnages. Selon vous, auquel de ces deux camps appartiendront les différents protagonistes ?

L'AMBIGUÏTÉ DES « FAUSSES CONFIDENCES »

5. Si l'on ne tenait compte que de ce que Dubois rapporte à Araminte de l'amour de Dorante, la pièce pourrait d'abord s'intituler « la Fausse Confidence ». Mais on s'aperçoit que beaucoup de personnages mentent d'une façon ou d'une autre, si bien que « les fausses confidences » semblent proliférer. Relevez, en les classant, un certain nombre d'affirmations qui pourraient être considérées comme telles. Quel est le personnage qui ment le plus ?

6. En quel sens peut-on dire que Dubois se livre à de fausses

confidences ? Est-ce parce qu'il ment ou parce que, en voulant agir sur l'esprit d'Araminte, il se livre à une sorte d'abus de confiance ? Justifiez votre réponse en citant le texte.

UN ÉQUILIBRE QUASI MIRACULEUX

7. Montrez comment le dramaturge s'arrange : a) pour qu'on arrive à croire au succès possible d'une entreprise qu'il présente en même temps comme pratiquement invraisemblable ; b) pour que Dubois l'évoque en termes très crus sans que nous la jugions abominable ; c) pour qu'on sourie parfois d'Araminte tout en continuant de la trouver très sympathique.

8. Marivaux institue d'une scène à l'autre toutes sortes d'effets d'écho ou de contraste. En quoi la scène 11 représente-t-elle un écho déformé de la scène 10 ? Montrez que les scènes 2 et 3 sont symétriques et que les scènes 11 et 12 s'opposent.

Acte II

SCÈNE PREMIÈRE. ARAMINTE, DORANTE.

DORANTE. Non, Madame, vous ne risquez rien ; vous pouvez plaider en toute sûreté. J'ai même consulté plusieurs personnes, l'affaire est excellente ; et si vous n'avez que le motif dont vous parlez pour épouser Monsieur le Comte, rien
5 ne vous oblige à ce mariage.

ARAMINTE. Je l'affligerai beaucoup, et j'ai de la peine à m'y résoudre[1].

DORANTE. Il ne serait pas juste de vous sacrifier à la crainte de l'affliger.

10 ARAMINTE. Mais avez-vous bien examiné ? Vous me disiez tantôt que mon état était doux et tranquille ; n'aimeriez-vous pas mieux que j'y restasse ? N'êtes-vous pas un peu trop prévenu contre le mariage, et par conséquent contre Monsieur le Comte ?

15 DORANTE. Madame, j'aime mieux vos intérêts que les siens, et que ceux de qui ce soit au monde.

ARAMINTE. Je ne saurais y trouver à redire ; en tout cas, si je l'épouse, et qu'il veuille en mettre un autre ici, à votre place, vous n'y perdrez point ; je vous promets de vous en
20 trouver une meilleure.

DORANTE, *tristement*. Non, Madame : si j'ai le malheur de perdre celle-ci, je ne serai plus à personne ; et apparemment que[2] je la perdrai ; je m'y attends.

---

1. *M'y résoudre* : me résoudre à l'affliger.
2. *Apparemment que* : selon toute probabilité.

ARAMINTE.   Je crois pourtant que je plaiderai ; nous verrons.

25 DORANTE.   J'avais encore une petite chose à vous dire, Madame. Je viens d'apprendre que le concierge d'une de vos terres est mort, on pourrait y mettre un de vos gens ; et j'ai songé à Dubois, que je remplacerai ici par un domestique dont je réponds.

30 ARAMINTE.   Non, envoyez plutôt votre homme au château, et laissez-moi Dubois ; c'est un garçon de confiance, qui me sert bien, et que je veux garder. À propos, il m'a dit, ce me semble, qu'il avait été à vous quelque temps ?

DORANTE, *feignant un peu d'embarras*.   Il est vrai, Madame :

35 il est fidèle, mais peu exact. Rarement, au reste, ces gens-là parlent-ils bien de ceux qu'ils ont servis. Ne me nuirait-il point dans votre esprit ?

ARAMINTE, *négligemment*.   Celui-ci dit beaucoup de bien de vous, et voilà tout. Que me veut Monsieur Remy ?

SCÈNE 2.   ARAMINTE, DORANTE, MONSIEUR REMY.

MONSIEUR REMY.   Madame, je suis votre très humble serviteur. Je viens vous remercier de la bonté que vous avez eue de prendre mon neveu à ma recommandation.

ARAMINTE.   Je n'ai pas hésité, comme vous l'avez vu.

5 MONSIEUR REMY.   Je vous rends mille grâces. Ne m'aviez-vous pas dit qu'on vous en offrait un autre ?

ARAMINTE.   Oui, Monsieur.

MONSIEUR REMY.   Tant mieux ; car je viens vous demander celui-ci pour une affaire d'importance.

10 DORANTE, *d'un air de refus*.   Et d'où vient, Monsieur ?

MONSIEUR REMY.   Patience !

Femme en costume espagnol.
Dessin de François Boucher (1703-1770).
Musée du Louvre, Paris.

73

ARAMINTE.   Mais, Monsieur Remy, ceci est un peu vif ;
vous prenez assez mal votre temps, et j'ai refusé l'autre
personne.

15 DORANTE.   Pour moi, je ne sortirai jamais de chez Madame
qu'elle ne me congédie.

MONSIEUR REMY, *brusquement.*   Vous ne savez ce que vous
dites. Il faut pourtant sortir ; vous allez voir. Tenez, Madame,
jugez-en vous-même ; voici de quoi il est question. C'est une
20 dame de trente-cinq ans, qu'on dit jolie femme, estimable, et
de quelque distinction ; qui ne déclare pas son nom ; qui
dit que j'ai été son procureur ; qui a quinze mille livres[1] de
rente pour le moins, ce qu'elle prouvera ; qui a vu Monsieur
chez moi ; qui lui a parlé ; qui sait qu'il n'a pas de bien, et
25 qui offre de l'épouser sans délai : et la personne qui est venue
chez moi de sa part doit revenir tantôt pour savoir la réponse,
et vous mener[2] tout de suite chez elle. Cela est-il net ? Y a-
t-il à consulter là-dessus ? Dans deux heures il faut être au
logis. Ai-je tort, Madame ?

30 ARAMINTE, *froidement.*   C'est à lui à répondre.

MONSIEUR REMY.   Eh bien ! à quoi pense-t-il donc ?
Viendrez-vous ?

DORANTE.   Non, Monsieur, je ne suis pas dans cette
disposition-là.

35 MONSIEUR REMY.   Hum ! Quoi ? Entendez-vous ce que je
vous dis, qu'elle a quinze mille livres de rente ? entendez-
vous ?

DORANTE.   Oui, Monsieur ; mais en eût-elle vingt fois
davantage, je ne l'épouserais pas ; nous ne serions heureux
40 ni l'un ni l'autre : j'ai le cœur pris ; j'aime ailleurs.

---

1. *Quinze mille livres :* environ un million de francs aujourd'hui.
2. *Vous mener :* dans cette phrase, M. Remy s'adresse à Dorante.

MONSIEUR REMY, *d'un ton railleur, et traînant ses mots.* J'ai
le cœur pris : voilà qui est fâcheux ! Ah, ah, le cœur est
admirable ! Je n'aurais jamais deviné la beauté des scrupules
de ce cœur-là, qui veut qu'on reste intendant de la maison
45 d'autrui pendant qu'on peut l'être de la sienne. Est-ce là votre
dernier mot, berger fidèle[1] ?

DORANTE. Je ne saurais changer de sentiment, Monsieur.

MONSIEUR REMY. Oh ! le sot cœur, mon neveu ! Vous
êtes un imbécile, un insensé ; et je tiens celle que vous aimez
50 pour une guenon, si elle n'est pas de mon sentiment, n'est-il
pas vrai, Madame, et ne le trouvez-vous pas extravagant ?

ARAMINTE, *doucement.* Ne le querellez point. Il paraît avoir
tort, j'en conviens.

MONSIEUR REMY, *vivement.* Comment, Madame ! il
55 pourrait ! ...

ARAMINTE. Dans sa façon de penser je l'excuse. Voyez
pourtant, Dorante, tâchez de vaincre votre penchant, si vous
le pouvez. Je sais bien que cela est difficile.

DORANTE. Il n'y a pas moyen, Madame, mon amour m'est
60 plus cher que ma vie.

MONSIEUR REMY, *d'un air étonné.* Ceux qui aiment les beaux
sentiments doivent être contents ; en voilà un des plus curieux
qui se fassent. Vous trouverez donc cela raisonnable, Madame ?

ARAMINTE. Je vous laisse ; parlez-lui vous-même. *(À part.)*
65 Il me touche tant, qu'il faut que je m'en aille ! *(Elle sort.)*

DORANTE, *à part.* Il ne croit pas si bien me servir.

---

1. *Berger fidèle :* amoureux fervent. Expression ironique tirée du titre
d'une œuvre italienne, *Il Pastor fido* (1590), qui avait été récemment
adaptée (1726) en français pour le théâtre.

Acte II Scènes 1 et 2

UN TEMPS D'OBSERVATION (scène 1)

1. Combien de temps a pu se passer depuis le dernier entretien de Dorante et d'Araminte ? (Voir les lignes 2-3 et 10-11.) À quel moment de la journée peut-on être maintenant ?

2. Chacun des deux partenaires tente de sonder les réactions de l'autre. Comment Araminte, puis Dorante s'y prennent-ils ?

3. Quel est le ton de la réplique de Dorante lorsque Araminte évoque la perspective d'épouser le comte ? Cette réplique laisse-t-elle la jeune femme insensible ?

LE RETOUR DE M. REMY

4. À quel coup de théâtre assiste-t-on au début de la scène 2 ? Quel effet de contraste le rend particulièrement amusant ?

5. Une excellente affaire (l. 17 à 29)... À sa façon, M. Remy fait tout un petit roman de ce nouveau projet de mariage et il en a l'eau à la bouche... Comment son enthousiasme se marque-t-il ?

6. Dans sa tirade (l. 17 à 29), à qui s'adresse-t-il successivement ? Pourquoi ? Quelle est son attitude vis-à-vis de son neveu ?

7. Que pensez-vous de l'offre de mariage de la « dame de trente-cinq ans » et de la façon dont M. Remy l'accueille ?

MANIPULATION, ÉMOTION ET COMIQUE

8. La progression de l'intrigue : en quoi la scène 2 prolonge-t-elle la scène 14 de l'acte I ? En quoi sert-elle les intérêts de Dorante ? Pourquoi celui-ci touche-t-il autant Araminte ?

9. Dans toute la seconde partie de cette scène 2, Araminte se trouve dans une situation fausse. Comment tente-t-elle d'y faire face ?

10. M. Remy est un homme tout d'une pièce, mais il est plein de vie et il ne manque pas d'une certaine verve. Dans sa sortie contre son neveu, quelles sont les formules qui vous paraissent les plus amusantes ? Pourquoi ?

11. Qu'y a-t-il de particulièrement comique dans la réplique où il finit par s'en prendre à la bien-aimée de Dorante ?

SCÈNE 3. DORANTE, MONSIEUR REMY, MARTON.

MONSIEUR REMY, *regardant son neveu*. Dorante, sais-tu bien qu'il n'y a pas de fol[1] aux petites-maisons[2] de ta force ? *(Marton arrive.)* Venez, Mademoiselle Marton.

MARTON. Je viens d'apprendre que vous étiez ici.

5 MONSIEUR REMY. Dites-nous un peu votre sentiment : que pensez-vous de quelqu'un qui n'a point de bien, et qui refuse d'épouser une honnête et fort jolie femme, avec quinze mille livres de rente bien venant[3] ?

MARTON. Votre question est bien aisée à décider. Ce
10 quelqu'un rêve.

MONSIEUR REMY, *montrant Dorante*. Voilà le rêveur ; et, pour excuse, il allègue son cœur que vous avez pris : mais comme apparemment il n'a pas encore emporté le vôtre, et que je vous crois encore, à peu près, dans tout votre bon
15 sens, vu le peu de temps qu'il y a que vous le connaissez, je vous prie de m'aider à le rendre plus sage. Assurément vous êtes fort jolie, mais vous ne le disputerez point à un pareil établissement[4] : il n'y a point de beaux yeux qui vaillent ce prix-là.

20 MARTON. Quoi ! Monsieur Remy, c'est de Dorante que vous parlez ? C'est pour se garder à moi qu'il refuse d'être riche ?

---

1. *Fol* : forme, vieillie dès le XVIIe siècle, de l'adjectif « fou ».
2. *Petites-maisons* : désignaient à l'origine l'hôpital de la rue de Vaugirard à Paris où l'on enfermait les aliénés. Le mot devint un nom commun au XVIIIe siècle.
3. *Bien venant* : « payé sûrement et régulièrement » (*Dictionnaire de l'Académie*, 1740).
4. *Établissement* : « état, poste avantageux, condition avantageuse » (*Dictionnaire de l'Académie*, 1740).

MONSIEUR REMY.   Tout juste, et vous êtes trop généreuse pour le souffrir.

25 MARTON, *avec un air de passion*.   Vous vous trompez, Monsieur, je l'aime trop moi-même pour l'en empêcher, et je suis enchantée. Oh ! Dorante, que je vous estime ! Je n'aurais pas cru que vous m'aimassiez tant.

MONSIEUR REMY.   Courage ! je ne fais que vous le montrer, 30 et vous en êtes déjà coiffée[1] ! Pardi, le cœur d'une femme est bien étonnant ! le feu y prend bien vite.

MARTON, *comme chagrine*.   Eh ! Monsieur, faut-il tant de bien pour être heureux ? Madame, qui a de la bonté pour moi, suppléera en partie par sa générosité à ce qu'il me sacrifie. 35 Que je vous ai d'obligation, Dorante !

DORANTE.   Oh ! non, Mademoiselle, aucune ; vous n'avez point de gré à me savoir de ce que je fais ; je me livre à mes sentiments, et ne regarde que moi là-dedans. Vous ne me devez rien ; je ne pense pas à votre reconnaissance.

40 MARTON.   Vous me charmez : que de délicatesse ! Il n'y a encore rien de si tendre que ce que vous me dites.

MONSIEUR REMY.   Par ma foi, je ne m'y connais donc guère ; car je le trouve bien plat. (*À Marton.*) Adieu, la belle enfant ; je ne vous aurais, ma foi, pas évaluée ce qu'il vous 45 achète. Serviteur. Idiot, garde ta tendresse, et moi ma succession. (*Il sort.*)

MARTON.   Il est en colère, mais nous l'apaiserons.

DORANTE.   Je l'espère. Quelqu'un vient.

MARTON.   C'est le Comte, celui dont je vous ai parlé, et qui doit épouser Madame.

50 DORANTE.   Je vous laisse donc ; il pourrait me parler de son procès : vous savez ce que je vous ai dit là-dessus, et il est inutile que je le voie.

---

1. *Coiffée* : amoureuse.

Acte II Scène 3

NOUVELLES SURPRISES

1. En quoi la question que M. Remy pose à Marton (l. 5 à 8) est-elle une question-piège ?

2. Nous connaissons déjà l'importance que Marton attache à l'argent. Mais sa réponse ne témoigne-t-elle pas d'un aspect encore plus important de sa personnalité ?

3. Avec Marton, M. Remy est plus expéditif que jamais. Qu'y a-t-il de désobligeant pour elle dans les propos qu'il lui tient (l. 11 à 19) ?

4. Quelle est alors la réaction de la jeune fille ? S'y attendait-on ? N'a-t-elle pas quelque chose de touchant ? Qu'est-ce qui l'explique ?

ÉLANS ET ILLUSIONS DU CŒUR

5. C'est précisément parce que l'argent compte tant pour Marton qu'elle est si ravie. À quoi tient son ravissement, et comment s'exprime-t-il ?

6. Une réponse à double entente : Dorante est très gêné, et il s'arrange pour ne pas détromper Marton tout d'un coup. Mais celle-ci aurait dû comprendre. Pourquoi ? (Voir les lignes 36 à 39.)

UNE CONFRONTATION DÉCISIVE

7. Quel contraste peut-on remarquer entre le langage de Marton et celui de M. Remy ?

8. Une superbe sortie : montrez que, dans sa dernière réplique, M. Remy fait preuve d'une extraordinaire grossièreté, mais en même temps d'une sorte de verve irrésistible.

SCÈNE 4. LE COMTE, MARTON.

Le Comte.   Bonjour, Marton.

Marton.   Vous voilà donc revenu, Monsieur ?

Le Comte.   Oui. On m'a dit qu'Araminte se promenait
dans le jardin, et je viens d'apprendre de sa mère une chose
5   qui me chagrine. Je lui avais retenu un intendant, qui devait
aujourd'hui entrer chez elle, et cependant elle en a pris un
autre, qui ne plaît point à la mère, et dont nous n'avons rien
à espérer.

Marton.   Nous n'en devons rien craindre non plus,
10 Monsieur. Allez, ne vous inquiétez point, c'est un galant
homme ; et si la mère n'en est pas contente, c'est un peu de
sa faute : elle a débuté tantôt par le brusquer d'une manière
si outrée, l'a traité si mal, qu'il n'est pas étonnant qu'elle ne
l'ait point gagné. Imaginez-vous qu'elle l'a querellé de ce qu'il
15 est bien fait.

Le Comte.   Ne serait-ce point lui que je viens de voir sortir
d'avec vous ?

Marton.   Lui-même.

Le Comte.   Il a bonne mine, en effet, et n'a pas trop l'air
20 de ce qu'il est.

Marton.   Pardonnez-moi, Monsieur ; car il est honnête
homme.

Le Comte.   N'y aurait-il pas moyen de raccommoder cela ?
Araminte ne me hait pas, je pense ; mais elle est lente à se
25 déterminer ; et pour achever de la résoudre, il ne s'agirait
plus que de lui dire que le sujet de notre discussion est
douteux pour elle. Elle ne voudra pas soutenir l'embarras d'un
procès. Parlons à cet intendant ; s'il ne faut que de l'argent
pour le mettre dans nos intérêts, je ne l'épargnerai pas[1].

---

1. *Je ne l'épargnerai pas* : je n'épargnerai pas l'argent.

30 MARTON.   Oh, non ; ce n'est point un homme à mener par là ; c'est le garçon de France le plus désintéressé.

LE COMTE.   Tant pis ! ces gens-là ne sont bons à rien.

MARTON.   Laissez-moi faire.

SCÈNE 5.   LE COMTE, ARLEQUIN, MARTON.

ARLEQUIN.   Mademoiselle, voilà un homme qui en demande un autre ; savez-vous qui c'est ?

MARTON, *brusquement*.   Et qui est cet autre ? À quel homme en veut-il ?

5 ARLEQUIN.   Ma foi, je n'en sais rien ; c'est de quoi je m'informe à vous.

MARTON.   Fais-le entrer.

ARLEQUIN, *le faisant sortir des coulisses*.   Hé ! le garçon ! venez ici dire votre affaire.

SCÈNE 6.   LE COMTE, MARTON, LE GARÇON, ARLEQUIN.

MARTON.   Qui cherchez-vous ?

LE GARÇON.   Mademoiselle, je cherche un certain Monsieur à qui j'ai à rendre un portrait avec une boîte, qu'il nous a fait faire ; il nous a dit qu'on ne la remît qu'à lui-même, et 5 qu'il viendrait la prendre ; mais comme mon père est obligé de partir demain pour un petit voyage, il m'a envoyé pour la lui rendre, et on m'a dit que je saurais de ses nouvelles ici. Je le connais de vue ; mais je ne sais pas son nom.

MARTON.   N'est-ce pas vous, Monsieur le Comte ?

10 LE COMTE.   Non, sûrement.

LE GARÇON.   Je n'ai point affaire à Monsieur, Mademoiselle, c'est une autre personne.

MARTON.   Et chez qui vous a-t-on dit que vous le trouveriez ?

LE GARÇON.   Chez un procureur qui s'appelle Monsieur
15 Remy.

LE COMTE.   Ah ! n'est-ce pas le procureur de Madame ? montrez-nous la boîte.

LE GARÇON.   Monsieur, cela m'est défendu, je n'ai ordre de la donner qu'à celui à qui elle est : le portrait de la dame
20 est dedans.

LE COMTE.   Le portrait d'une dame ! Qu'est-ce que cela signifie ? Serait-ce celui d'Araminte ? Je vais tout à l'heure[1] savoir ce qu'il en est.

SCÈNE 7.   MARTON, LE GARÇON

MARTON.   Vous avez mal fait de parler de ce portrait devant lui. Je sais qui vous cherchez ; c'est le neveu de Monsieur Remy, de chez qui vous venez.

LE GARÇON.   Je le crois aussi, Mademoiselle.

5 MARTON.   Un grand homme qui s'appelle Monsieur Dorante.

LE GARÇON.   Il me semble que c'est son nom.

MARTON.   Il me l'a dit : je suis dans sa confidence. Avez-vous remarqué le portrait ?

LE GARÇON.   Non ; je n'ai pas pris garde à qui il ressemble.

---

1. *Tout à l'heure* : tout de suite, à l'instant.

10 MARTON.   Eh bien, c'est de moi dont il s'agit. Monsieur
Dorante n'est pas ici, et ne reviendra pas sitôt. Vous n'avez
qu'à me remettre la boîte ; vous le pouvez en toute sûreté ;
vous lui feriez même plaisir. Vous voyez que je suis au fait.

LE GARÇON.   C'est ce qui me paraît. La voilà, Mademoiselle.
15 Ayez donc, je vous prie, le soin de la lui rendre quand il
sera venu.

MARTON.   Oh, je n'y manquerai pas.

LE GARÇON.   Il y a encore une bagatelle qu'il doit dessus,
mais je tâcherai de repasser tantôt, et si il[1] n'y était pas, vous
20 auriez la bonté d'achever de payer.

MARTON.   Sans difficulté. Allez. *(À part.)* Voici Dorante. *(Au
garçon.)* Retirez-vous vite.

SCÈNE 8.   MARTON, DORANTE.

MARTON, *un moment seule et joyeuse.*   Ce ne peut être que
mon portrait. Le charmant homme ! Monsieur Remy avait
raison de dire qu'il y avait quelque temps qu'il me connaissait.

DORANTE.   Mademoiselle, n'avez-vous pas vu ici quelqu'un
5 qui vient d'arriver ? Arlequin croit que c'est moi qu'il demande.

MARTON, *le regardant avec tendresse.*   Que vous êtes aimable,
Dorante ! je serais bien injuste de ne pas vous aimer. Allez,
soyez en repos ; l'ouvrier est venu, je lui ai parlé ; j'ai la
boîte ; je la tiens.

10 DORANTE.   J'ignore...

---

1. *Si il :* on écrirait aujourd'hui « s'il ».

MARTON.   Point de mystère ; je la tiens, vous dis-je, et je ne m'en fâche pas. Je vous la rendrai quand je l'aurai vue. Retirez-vous, voici Madame avec sa mère et le Comte ; c'est, peut-être, de cela qu'ils s'entretiennent. Laissez-moi les calmer
15 là-dessus, et ne les attendez pas.

DORANTE, *en s'en allant, et riant*.   Tout a réussi ! elle prend le change[1] à merveille !

---

1. *Prend le change :* se laisse tromper, abuser.

Acte II Scènes 4 à 8

L'APPARITION DU COMTE

1. La manière dont le comte, puis Marton (sc. 4) parlent de Mme Argante est-elle très obligeante ? Justifiez votre réponse en relevant dans la scène 4 des expressions significatives.

2. Quelques termes permettent à Marton de faire un portrait extrêmement élogieux de Dorante. Lesquels ?

3. Comment le préjugé nobiliaire s'exprime-t-il dans la bouche du comte ? Quelle conception paraît-il se faire des relations que peuvent avoir des gens comme lui et des gens comme Dorante ?

LE MYSTÈRE DU PORTRAIT

4. Qu'est-ce qu'il y a de comique dans la scène 5 ?

5. Comment Marivaux s'arrange-t-il dans la scène 6 pour créer un effet de mystère et éveiller des soupçons ?

6. Quelle réaction Marton a-t-elle immédiatement dans la scène 7 ?

7. On pourrait considérer comme un mensonge pur et simple la réplique : « Il me l'a dit : je suis dans sa confidence » (sc. 7, l. 7). Mais aurait-on tout à fait raison ? Pourquoi ?

UN COMPLOT BIEN MONTÉ

8. À première vue, on ne comprend pas bien pourquoi, à la fin de la scène 7, Marton dit au garçon joaillier de vite se retirer. Mais ce qui explique son attitude, c'est une certaine impatience, un désir irrépressible. Lequel ? Justifiez votre réponse en vous référant aux répliques et à l'attitude de Marton.

9. Comment se manifeste la capacité de Marton à se faire des illusions ? Relevez les mots par lesquels elle exprime, d'une part, une profonde tendresse et, d'autre part, une forme de certitude triomphale.

10. Le rôle que joue Dorante dans la scène 8 vous paraît-il utile et moralement tout à fait irréprochable ? Justifiez vos réponses.

11. Dans ce complot tout est réglé à quelques secondes près. Montrez qu'une certaine accélération des événements favorise puissamment sa réussite.

SCÈNE 9. ARAMINTE, LE COMTE, MADAME ARGANTE, MARTON.

ARAMINTE. Marton, qu'est-ce que c'est qu'un portrait dont Monsieur le Comte me parle, qu'on vient d'apporter ici à quelqu'un qu'on ne nomme pas, et qu'on soupçonne être le mien ? Instruisez-moi de cette histoire-là.

5 MARTON, *d'un air rêveur.* Ce n'est rien, Madame ; je vous dirai ce que c'est : je l'ai démêlé[1] après que Monsieur le Comte est parti ; il n'a que faire de s'alarmer. Il n'y a rien là qui vous intéresse.

LE COMTE. Comment le savez-vous, Mademoiselle ? Vous 10 n'avez point vu le portrait ?

MARTON. N'importe, c'est tout comme si je l'avais vu. Je sais qui il regarde ; n'en soyez point en peine.

LE COMTE. Ce qu'il y a de certain, c'est un portrait de femme, et c'est ici qu'on vient chercher la personne qui l'a 15 fait faire, à qui on doit le rendre, et ce n'est pas moi.

MARTON. D'accord. Mais quand je vous dis que Madame n'y est pour rien, ni vous non plus.

ARAMINTE. Eh bien si vous êtes instruite, dites-nous donc de quoi il est question, car je veux le savoir. On a des idées 20 qui ne me plaisent point. Parlez.

MADAME ARGANTE. Oui, ceci a un air de mystère qui est désagréable. Il ne faut pourtant pas vous fâcher, ma fille. Monsieur le Comte vous aime, et un peu de jalousie, même injuste, ne messied pas[2] à un amant.

---

1. *Démêlé :* tiré au clair, compris.
2. *Ne messied pas :* convient. Forme conjuguée du verbe « messeoir », ne pas être convenable.

25 LE COMTE. Je ne suis jaloux que de l'inconnu qui ose se donner le plaisir d'avoir le portrait de Madame.

ARAMINTE, *vivement*. Comme il vous plaira, Monsieur, mais j'ai entendu ce que vous vouliez dire, et je crains un peu ce caractère d'esprit-là. Eh bien, Marton ?

30 MARTON. Eh bien, Madame, voilà bien du bruit ! c'est mon portrait.

LE COMTE. Votre portrait ?

MARTON. Oui, le mien. Eh ! pourquoi non, s'il vous plaît ? Il ne faut pas tant se récrier.

35 MADAME ARGANTE. Je suis assez comme Monsieur le Comte ; la chose me paraît singulière.

Le Comte (Jacques Le Carpentier) et Marton (Sophie Bouilloux).
Mise en scène de Gildas Bourdet.
Théâtre national de la Région Nord-Pas-de-Calais, 1989.

MARTON.   Ma foi, Madame, sans vanité, on en peint tous les jours, et de plus huppées[1], qui ne me valent pas.

ARAMINTE.   Et qui est-ce qui a fait cette dépense-là pour vous ?

40 MARTON.   Un très aimable homme qui m'aime, qui a de la délicatesse et des sentiments[2], et qui me recherche[3] ; et puisqu'il faut vous le nommer, c'est Dorante.

ARAMINTE.   Mon intendant ?

MARTON.   Lui-même.

45 MADAME ARGANTE.   Le fat, avec ses sentiments !

ARAMINTE, *brusquement*.   Eh ! vous nous trompez ; depuis qu'il est ici, a-t-il eu le temps de vous faire peindre ?

MARTON.   Mais ce n'est pas d'aujourd'hui qu'il me connaît.

ARAMINTE, *vivement*.   Donnez donc.

50 MARTON.   Je n'ai pas encore ouvert la boîte, mais c'est moi que vous y allez voir.

(Araminte l'ouvre, tous regardent.)

LE COMTE.   Eh ! je m'en doutais bien ; c'est Madame.

MARTON.   Madame !... il est vrai, et me voilà bien loin de mon compte[4] ! *(À part.)* Dubois avait raison tantôt[5].

55 ARAMINTE, *à part*.   Et moi, je vois clair. *(À Marton.)* Par quel hasard avez-vous cru que c'était vous ?

MARTON.   Ma foi, Madame, toute autre que moi s'y serait trompée. Monsieur Remy me dit que son neveu m'aime, qu'il veut nous marier ensemble ; Dorante est présent, et ne dit

---

1. *Huppées* : d'après le *Dictionnaire de l'Académie*, édition de 1740, on employait ce mot, au figuré et dans le style familier, pour désigner « une personne considérable ».
2. « Avoir des sentiments » signifiait « n'avoir que des sentiments nobles et élevés, se piquer de les avoir ».
3. *Qui me recherche* : qui veut m'épouser.
4. *De mon compte* : de ce que j'escomptais, de ce que j'espérais.
5. *Tantôt* : tout à l'heure. (Allusion à la scène 17 de l'acte I.)

60 point non ; il refuse devant moi un très riche parti ; l'oncle
s'en prend à moi, me dit que j'en suis cause. Ensuite vient
un homme qui apporte ce portrait, qui vient chercher ici celui
à qui il appartient ; je l'interroge : à tout ce qu'il répond, je
reconnais Dorante. C'est un portrait de femme, Dorante
65 m'aime jusqu'à refuser sa fortune pour moi. Je conclus donc
que c'est moi qu'il a fait peindre. Ai-je eu tort ? J'ai pourtant
mal conclu. J'y renonce ; tant d'honneur ne m'appartient
point[1]. Je crois voir toute l'étendue de ma méprise, et je me
tais.

70 ARAMINTE. Ah ! ce n'est pas là une chose bien difficile à
deviner. Vous faites le fâché, l'étonné, Monsieur le Comte, il
y a eu quelque malentendu dans les mesures que vous avez
prises ; mais vous ne m'abusez point ; c'est à vous qu'on
apportait le portrait. Un homme dont on ne sait pas le nom,
75 qu'on vient chercher ici, c'est vous, Monsieur, c'est vous.

MARTON, *d'un air sérieux.* Je ne crois pas.

MADAME ARGANTE. Oui, oui, c'est Monsieur : à quoi bon
vous en défendre ? Dans les termes où vous en êtes avec ma
fille, ce n'est pas là un si grand crime ; allons, convenez-en.

80 LE COMTE, *froidement.* Non, Madame, ce n'est point moi,
sur mon honneur, je ne connais pas ce Monsieur Remy ;
comment aurait-on dit chez lui qu'on aurait de mes nouvelles
ici ? Cela ne se peut pas.

MADAME ARGANTE, *d'un air pensif.* Je ne faisais pas
85 d'attention à cette circonstance.

ARAMINTE. Bon ! qu'est-ce que c'est qu'une circonstance
de plus ou de moins ? je n'en rabats rien[2]. Quoi qu'il en
soit, je le garde, personne ne l'aura. Mais quel bruit entendons-
nous ? Voyez ce que c'est, Marton.

---

1. *Tant d'honneur ... point :* ce n'est pas à moi que revient un tel
honneur.
2. *Je n'en rabats rien :* je ne démens rien de ce que j'ai dit.

Acte II Scène 9

UN SUSPENS BIEN MÉNAGÉ

1. Quelles révélations Marton fait-elle successivement ? Pour quelles raisons contradictoires a-t-elle tendance à les faire attendre, en les mettant ainsi d'autant plus en valeur ?

2. Au moment où Marton allait enfin « parler », elle est interrompue par Mme Argante, et il se déclenche un incident assez vif. Quel est-il ? Représente-t-il une simple parenthèse dans le déroulement de la scène ?

3. Pour quelles raisons Araminte ouvre-t-elle la boîte ?

4. Le moment de vérité : cette scène est construite entièrement autour d'un moment d'une extrême intensité. Quel est-il, et pourquoi est-il ressenti comme aussi intense ?

PASSES D'ARMES FEUTRÉES

5. Le comte pouvait-il envisager que le portrait fût celui de Marton ? Comment sa jalousie se manifeste-t-elle ?

6. Qu'est-ce qui montre qu'Araminte ne prend vraiment pas très bien les soupçons du comte ? Commentez le texte.

7. Mme Argante s'ingénie à tout arranger ; mais elle y parvient bien mal... Étudiez les réactions du comte qui succèdent à ses interventions.

EXPLICATIONS...

8. Comment Marton se justifie-t-elle (l. 57 à 69) ? Qu'est-ce qui doit rendre son récit convaincant (construction des phrases, temps des verbes, etc.) ?

9. Ce récit débouche pourtant sur un raisonnement erroné. Où est l'erreur ?

10. La contre-attaque d'Araminte : qu'y a-t-il d'audacieux dans son idée et dans la façon dont elle parle au comte ? Cherche-t-elle à tromper celui-ci ? ou bien à faire de lui un complice, en l'amenant à mentir ? Ces solutions vous semblent-elles possibles ? Pourquoi ? Alors, comment interpréter son initiative ?

11. Relevez un fait qui montre que, dans cette fin de scène, Araminte a des réactions instinctives, tout à fait irréfléchies.

SCÈNE 10. ARAMINTE, LE COMTE, MADAME ARGANTE, MARTON, DUBOIS, ARLEQUIN.

ARLEQUIN, *en entrant.* Tu es un plaisant magot[1] !

MARTON. À qui en avez-vous donc, vous autres ?

DUBOIS. Si je disais un mot, ton maître sortirait bien vite.

ARLEQUIN. Toi ? Nous nous soucions de toi et de toute
5 ta race de canaille comme de cela.

DUBOIS. Comme je te bâtonnerais, sans le respect de
Madame !

ARLEQUIN. Arrive, arrive : la voilà, Madame.

ARAMINTE. Quel sujet avez-vous donc de quereller ? De
10 quoi s'agit-il ?

MADAME ARGANTE. Approchez, Dubois. Apprenez-nous ce
que c'est que ce mot que vous diriez contre Dorante ; il
serait bon de savoir ce que c'est.

ARLEQUIN. Prononce donc ce mot.

15 ARAMINTE. Tais-toi ; laisse-le parler.

DUBOIS. Il y a une heure qu'il me dit mille invectives,
Madame.

ARLEQUIN. Je soutiens les intérêts de mon maître, je tire
des gages[2] pour cela, et je ne souffrirai point qu'un ostrogoth[3]
20 menace mon maître d'un mot ; j'en demande justice à
Madame.

---

1. *Magot :* gros singe. (Moquerie assez souvent employée par les
valets de Marivaux.)
2. *Je tire des gages :* je suis payé.
3. *Un ostrogoth :* un grossier personnage. Les Ostrogoths étaient l'un
des peuples appelés « barbares » au Moyen Âge.

MADAME ARGANTE.   Mais, encore une fois, sachons ce que veut dire Dubois, par ce mot ; c'est le plus pressé.

ARLEQUIN.   Je lui défie[1] d'en dire seulement une lettre.

25 DUBOIS.   C'est par pure colère que j'ai fait cette menace, Madame, et voici la cause de la dispute. En arrangeant l'appartement de Monsieur Dorante, j'y ai vu, par hasard, un tableau où Madame est peinte, et j'ai cru qu'il fallait l'ôter, qu'il n'avait que faire là, qu'il n'était point décent qu'il y
30 restât ; de sorte que j'ai été pour le détacher[2] ; ce butor[3] est venu pour m'en empêcher, et peu s'en est fallu que nous ne nous soyons battus.

ARLEQUIN.   Sans doute, de quoi t'avises-tu d'ôter ce tableau qui est tout à fait gracieux, que mon maître considérait il n'y
35 avait qu'un moment, avec toute la satisfaction possible ? Car je l'avais vu qui l'avait contemplé de tout son cœur, et il prend fantaisie à ce brutal de le priver d'une peinture qui réjouit cet honnête homme. Voyez la malice[4] ! ôte-lui quelque autre meuble, s'il en a trop, mais laisse-lui cette pièce, animal.

40 DUBOIS.   Et moi je te dis qu'on ne la laissera point, que je la détacherai moi-même, que tu en auras le démenti[5], et que Madame le voudra ainsi.

ARAMINTE.   Eh ! que m'importe ? Il était bien nécessaire de faire ce bruit-là pour un vieux tableau qu'on a mis là par
45 hasard, et qui y est resté. Laissez-nous. Cela vaut-il la peine qu'on en parle ?

---

1. *Je lui défie* : je le défie.
2. *J'ai été pour le détacher* : je suis allé le détacher.
3. *Butor* : gros imbécile. (Originellement, ce terme désignait une espèce de héron.)
4. *Malice* : malignité, méchanceté.
5. *Tu en auras le démenti* : les choses ne se passeront pas comme tu voudrais.

Madame Argante (Isabelle Sadoyan) et Araminte
(Emmanuelle Riva). Mise en scène de Jacques Lassalle.

MADAME ARGANTE, *d'un ton aigre*. Vous m'excuserez, ma fille ; ce n'est point là sa place, et il n'y a qu'à l'ôter ; votre intendant se passera bien de ses contemplations.

50 ARAMINTE, *souriant d'un air railleur*. Oh ! vous avez raison : je ne pense pas qu'il les regrette. *(À Arlequin et à Dubois.)* Retirez-vous tous deux.

94

Acte II Scène 10

UNE TERRIBLE QUERELLE

1. Un jeu de scène très expressif : tout à son indignation, Arlequin surgit sans s'apercevoir de la présence d'Araminte, du comte et de Mme Argante. Qu'est-ce qui le confirme ?

2. Comment Dubois s'y prend-il pour faire parler et agir Arlequin comme il le veut ?

3. Un terme maintes fois repris permet au dramaturge de piquer de plus en plus la curiosité des spectateurs. Relevez les membres de phrases où il figure.

4. Un serviteur affectueux : comment Arlequin exprime-t-il son attachement pour son maître ? À différentes reprises, ne fait-il pas preuve d'une naïveté très amusante ? Justifiez votre réponse.

LA MISE EN SCÈNE D'UN SCANDALE

5. Qui Arlequin et Dubois prennent-ils comme arbitre de leur querelle ? Montrez avec quelle insistance ils le font. Agissent-ils avec les mêmes motifs ?

6. En rapportant sur des tons très différents l'affaire du tableau, chacun des deux valets contribue à en accroître la portée de scandale. Comment ? Étudiez les deux récits.

7. La progression du complot : à l'incident du portrait succède rapidement un autre incident, destiné à renforcer les effets du premier. Qu'est-ce que Dubois a cherché en le faisant naître ?

DES RÉACTIONS CONTRASTÉES

8. Quel est le ton d'Araminte dans les phrases où elle rend son arbitrage ? Quelle est l'intention qui l'anime ?

9. Que peut-elle vouloir dire quand elle parle d'un « vieux tableau » ? Que pouvons-nous en penser ?

10. Quels sentiments Mme Argante laisse-t-elle paraître ?

11. La réplique finale d'Araminte est très ambiguë. Comment l'interpréter ? Ne renforce-t-elle pas l'impression produite par sa première réaction ? Citez le texte à l'appui de vos réponses.

SCÈNE 11. ARAMINTE, LE COMTE, MADAME ARGANTE, MARTON.

LE COMTE, *d'un ton railleur.* Ce qui est de sûr, c'est que cet homme d'affaires-là est de bon goût.

ARAMINTE, *ironiquement.* Oui, la réflexion est juste. Effectivement, il est fort extraordinaire qu'il ait jeté les yeux
5 sur ce tableau.

MADAME ARGANTE. Cet homme-là ne m'a jamais plu un instant, ma fille ; vous le savez, j'ai le coup d'œil assez bon, et je ne l'aime point. Croyez-moi, vous avez entendu la menace que Dubois a faite en parlant de lui, j'y reviens
10 encore, il faut qu'il ait quelque chose à en dire. Interrogez-le ; sachons ce que c'est. Je suis persuadée que ce petit monsieur-là ne vous convient point : nous le voyons tous, il n'y a que vous qui n'y prenez pas garde.

MARTON, *négligemment.* Pour moi je n'en suis pas contente.

15 ARAMINTE, *riant ironiquement.* Qu'est-ce donc que vous voyez, et que je ne vois point ? Je manque de pénétration : j'avoue que je m'y perds ! Je ne vois pas le sujet de me défaire d'un homme qui m'est donné de bonne main[1], qui est un homme de quelque chose[2], qui me sert bien, et que trop bien peut-
20 être ; voilà ce qui n'échappe pas à ma pénétration, par exemple.

MADAME ARGANTE. Que vous êtes aveugle !

ARAMINTE, *d'un air souriant.* Pas tant ; chacun a ses lumières.

---

1. *Homme ... bonne main :* quelqu'un de confiance.
2. *De quelque chose :* de mérite et de bonne naissance. Cette expression s'oppose directement à celle d'« homme de rien » qui venait dans la bouche d'Araminte pour désigner des parvenus , acte I, scène 7, lignes 29-30.

Je consens, au reste, d'écouter Dubois, le conseil est bon, et
25 je l'approuve. Allez, Marton, allez lui dire que je veux lui
parler. S'il me donne des motifs raisonnables de renvoyer cet
intendant assez hardi pour regarder un tableau, il ne restera
pas longtemps chez moi ; sans quoi, on aura la bonté de
trouver bon que je le garde, en attendant qu'il me déplaise à
30 moi.

MADAME ARGANTE, *vivement*. Eh bien, il vous déplaira, je
ne vous en dis pas davantage ; en attendant de plus fortes
preuves.

LE COMTE. Quant à moi, Madame, j'avoue que j'ai craint
35 qu'il ne me servît mal auprès de vous, qu'il ne vous inspirât
l'envie de plaider, et j'ai souhaité, par pure tendresse, qu'il
vous en détournât. Il aura pourtant beau faire, je déclare que
je renonce à tout procès avec vous, que je ne veux, pour
arbitre de notre discussion, que vous et vos gens d'affaires,
40 et que j'aime mieux perdre tout que de rien disputer.

MADAME ARGANTE, *d'un ton décisif*. Mais où serait la
dispute ? Le mariage terminerait tout, et le vôtre est comme
arrêté[1].

LE COMTE. Je garde le silence sur Dorante : je reviendrai,
45 simplement, voir ce que vous pensez de lui ; et si vous le
congédiez, comme je le présume, il ne tiendra qu'à vous de
prendre celui que je vous offrais, et que je retiendrai encore
quelque temps.

MADAME ARGANTE. Je ferai comme Monsieur, je ne vous
50 parlerai plus de rien non plus ; vous m'accuseriez de vision,
et votre entêtement finira sans notre secours. Je compte
beaucoup sur Dubois que voici, et avec lequel nous vous
laissons.

---

1. *Arrêté* : décidé.

Acte II Scène 11

SOUPÇONS ET PARADE

1. Comment le comte, Mme Argante et Marton s'y prennent-ils, chacun à sa façon, pour attaquer Dorante ?

2. Araminte a pris le parti de minimiser l'affaire du tableau. Dans le cours de cette scène, quels moyens trouve-t-elle successivement pour faire face à ces attaques (l. 15 à 21 ; 23 à 30) ? Analysez ses répliques (figures de style, vocabulaire, tournures, etc.).

3. Dans son ironie, elle ne peut pas s'empêcher de manifester une certaine agressivité envers le comte, puis envers sa mère. En quoi ?

4. Pensez-vous qu'elle est tout à fait de bonne foi quand elle se décide à suivre « le conseil » de Mme Argante ?

LE COMTE ET MADAME ARGANTE

5. Mme Argante est très soupçonneuse et se vante d'avoir « le coup d'œil assez bon ». Or elle suggère, tout de suite après, que Dubois a sans doute quelque révélation à faire au sujet de Dorante. Qu'y a-t-il là de comique ?

6. Comment le comte présente-t-il le désir qu'il avait de soudoyer Dorante ?

7. Il semble bien faire ensuite un beau geste. Mais, immédiatement après, Mme Argante gaffe... Pourquoi dit-elle ce qu'il ne fallait pas dire ?

8. Sans cesse, elle s'efforce de calquer son attitude sur celle du comte. À quel moment cette volonté est-elle particulièrement sensible ? Pourquoi ?

SCÈNE 12. DUBOIS, ARAMINTE.

DUBOIS.   On m'a dit que vous vouliez me parler, Madame.

ARAMINTE.   Viens ici. Tu es bien imprudent, Dubois, bien indiscret ! Moi qui ai si bonne opinion de toi, tu n'as guère d'attention pour ce que je te dis. Je t'avais recommandé de
5 te taire sur le chapitre de Dorante ; tu en[1] sais les conséquences ridicules, et tu me l'avais promis. Pourquoi donc avoir prise[2], sur ce misérable tableau, avec un sot qui fait un vacarme épouvantable, et qui vient ici tenir des discours tous propres à donner des idées que je serais au désespoir qu'on eût ?

10 DUBOIS.   Ma foi, Madame, j'ai cru la chose sans conséquence, et je n'ai agi, d'ailleurs, que par un mouvement[3] de respect et de zèle.

ARAMINTE, *d'un air vif*.   Eh ! laisse là ton zèle, ce n'est pas là celui que je veux, ni celui qu'il me faut ; c'est de ton
15 silence dont j'ai besoin pour me tirer de l'embarras où je suis, et où tu m'as jetée toi-même ; car, sans toi, je ne saurais pas que cet homme-là m'aime, et je n'aurais que faire d'y regarder de si près.

DUBOIS.   J'ai bien senti que j'avais tort.

20 ARAMINTE.   Passe encore pour la dispute ; mais pourquoi s'écrier : « Si je disais un mot » ? Y a-t-il rien de plus mal à toi[4] ?

DUBOIS.   C'est encore une suite de ce zèle mal entendu.

ARAMINTE.   Eh bien ! tais-toi donc, tais-toi. Je voudrais
25 pouvoir te faire oublier ce que tu m'as dit.

---

1. *En :* désigne ici le fait de ne pas s'être tu.
2. *Avoir prise :* se quereller.
3. *Un mouvement :* une réaction irréfléchie.
4. *À toi :* de ta part.

DUBOIS.   Oh, je suis bien corrigé.

ARAMINTE.   C'est ton étourderie qui me force actuellement
de te parler, sous prétexte de t'interroger sur ce que tu sais
de lui. Ma mère et Monsieur le Comte s'attendent que tu
30 vas m'en apprendre des choses étonnantes ; quel rapport leur
ferai-je à présent ?

DUBOIS.   Ah ! il n'y a rien de plus facile à raccommoder :
ce rapport sera que des gens qui le connaissent m'ont dit
que c'était un homme incapable de l'emploi qu'il a chez
35 vous ; quoiqu'il soit fort habile, au moins, ce n'est pas cela[1]
qui lui manque.

ARAMINTE.   À la bonne heure. Mais il y aura un inconvénient,
s'il en est capable[2] ; on me dira de le renvoyer, et il n'est
pas encore temps : j'y ai pensé depuis ; la prudence ne le
40 veut pas, et je suis obligée de prendre des biais, et d'aller
tout doucement avec cette passion si excessive que tu dis
qu'il a, et qui éclaterait, peut-être, dans sa douleur. Me fierais-
je à un désespéré ? Ce n'est plus le besoin que j'ai de lui qui
me retient, c'est moi que je ménage. *(Elle radoucit le ton.)* À
45 moins que ce qu'a dit Marton ne soit vrai, auquel cas je
n'aurais plus rien à craindre. Elle prétend qu'il l'avait déjà
vue chez Monsieur Remy, et que le procureur a dit, même
devant lui, qu'il l'aimait depuis longtemps, et qu'il fallait
qu'ils se mariassent ; je le voudrais.

50 DUBOIS.   Bagatelle ! Dorante n'a vu Marton ni de près ni
de loin ; c'est le procureur qui a débité cette fable-là à Marton,
dans le dessein de les marier ensemble : et moi, je n'ai pas
osé l'en dédire[3], m'a dit Dorante, parce que j'aurais indisposé
contre moi cette fille, qui a du crédit auprès de sa maîtresse,

---

1. *Cela :* l'habileté, la compétence.
2. *S'il en est capable :* sous-entendu, « même s'il en est capable ».
3. *L'en dédire :* lui en donner le démenti, la détromper.

55 et qui a cru ensuite que c'était pour elle que je refusais les
quinze mille livres de rente qu'on m'offrait.

ARAMINTE, *négligemment*.   Il t'a donc tout conté ?

DUBOIS.   Oui, il n'y a qu'un moment, dans le jardin où il
a voulu presque se jeter à mes genoux, pour me conjurer de
60 lui garder le secret sur sa passion, et d'oublier l'emportement
qu'il eut avec moi quand je le quittai. Je lui ai dit que je me
tairais ; mais que je ne prétendais pas rester dans la maison
avec lui, et qu'il fallait qu'il sortît ; ce qui l'a jeté dans des
gémissements, dans des pleurs, dans le plus triste état du
65 monde.

ARAMINTE.   Eh ! tant pis. Ne le tourmente point. Tu vois
bien que j'ai raison de dire qu'il faut aller doucement avec
cet esprit-là, tu le vois bien. J'augurais[1] beaucoup de ce mariage
avec Marton ; je croyais qu'il m'oublierait, et point du tout ;
70 il n'est question de rien.

DUBOIS, *comme s'en allant*.   Pure fable ! Madame a-t-elle encore
quelque chose à me dire ?

ARAMINTE.   Attends. Comment faire ? Si lorsqu'il me parle
il me mettait en droit de me plaindre de lui, mais il ne lui
75 échappe rien ; je ne sais de son amour que ce que tu m'en
dis ; et je ne suis pas assez fondée[2] pour le renvoyer. Il est
vrai qu'il me fâcherait s'il parlait ; mais il serait à propos
qu'il me fâchât.

DUBOIS.   Vraiment oui. Monsieur Dorante n'est point digne
80 de Madame. S'il était dans une plus grande fortune, comme
il n'y a rien à dire à ce qu'il est né[3], ce serait une autre
affaire : mais il n'est riche qu'en mérite, et ce n'est pas assez.

---

1. *J'augurais* : j'attendais.
2. *Je ... fondée* : je n'ai pas d'assez bonnes raisons.
3. *Rien ... né* : rien à redire à sa naissance, à son origine sociale.

ARAMINTE, *d'un ton comme triste.* Vraiment non ; voilà les usages. Je ne sais pas comment je le traiterai ; je n'en sais
85 rien : je verrai.

DUBOIS. Eh bien ! Madame a un si beau prétexte... Ce portrait que Marton a cru être le sien à ce qu'elle m'a dit...

ARAMINTE. Eh ! non, je ne saurais l'en accuser ; c'est le Comte qui l'a fait faire.

90 DUBOIS. Point du tout, c'est de Dorante, je le sais de lui-même ; et il y travaillait encore il n'y a que deux mois, lorsque je le quittai.

ARAMINTE. Va-t'en ; il y a longtemps que je te parle. Si on me demande ce que tu m'as appris de lui, je dirai ce dont
95 nous sommes convenus. Le voici, j'ai envie de lui tendre un piège.

DUBOIS. Oui, Madame. Il se déclarera, peut-être, et tout de suite je lui dirais[1] : Sortez.

ARAMINTE. Laisse-nous.

---

1. *Dirais :* on emploierait aujourd'hui le futur (« dirai »).

Acte II Scène 12

DES CONFIDENCES INVOLONTAIRES

1. Distinguez les quatre mouvements de la scène et résumez-les brièvement. Quel rôle joue cette scène dans l'évolution de l'action ?

2. Les reproches d'Araminte : que veut-elle obtenir de Dubois ? De quelle façon s'y prend-elle ?

3. Un mot qui revient dans la bouche de Dubois la pique tout particulièrement : lequel ? Montrez qu'elle est sur le point de laisser éclater sa colère, mais qu'elle parvient à se contenir.

4. Relevez dans la première partie de la scène deux phrases où Araminte en dit plus qu'elle ne le voudrait et laisse échapper le fond de sa pensée.

AU PIED DU MUR

5. Dubois fournit à Araminte une raison très simple de renvoyer Dorante. Laquelle ? N'y a-t-il pas cependant quelque chose d'un peu comique dans la façon dont il s'empresse de nuancer ce qu'il vient de dire ?

6. Quelles raisons Araminte trouve-t-elle aussitôt pour écarter l'idée de renvoyer Dorante, en tout cas immédiatement ?

7. Montrez ce qu'il y a d'amusant dans la façon qu'Araminte a de formuler ces arguments et dans le ton qu'elle emploie. Ne finit-elle pas, pourtant, ici encore, par laisser entrevoir le fond de sa pensée ? Dans quelles phrases ?

8. Deux nouvelles « fausses confidences » : en quoi consistent-elles ? Montrez qu'elles sont très expressives et destinées à agir très fortement sur l'esprit d'Araminte.

LES VOIES OBSCURES DU DÉSIR

9. Quel moment Dubois choisit-il pour faire semblant de s'en aller ?

10. Dans toute la dernière partie de la scène, sans en être

consciente, Araminte est animée par un désir irrépressible. Quel est-il ? Quel prétexte se donne-t-elle pour pouvoir le satisfaire ?

11. Comment Dubois s'y prend-il pour évoquer l'obstacle qui sépare irrémédiablement Dorante et Araminte ? Quelle est alors la réaction de la jeune femme ? Comparez cette réaction avec ce qu'elle disait dans la scène 7 de l'acte I.

12. Dubois s'applique à priver Araminte de toute issue illusoire, tout en faisant semblant d'entrer dans son jeu. Montrez :
a) avec quelle netteté il réfute une dernière affirmation, mensongère, d'Araminte ;
b) quel plaisir il semble prendre à s'imaginer dans la situation de la jeune femme, lors de la scène fatale qui va commencer (on peut penser à ce propos à un moment célèbre de la pièce de Racine, *Bajazet* [1672], celui où l'impitoyable Roxane signe l'arrêt de mort de Bajazet en lui disant : « Sortez »).

SCÈNE 13.   DORANTE, ARAMINTE, DUBOIS.

DUBOIS, *sortant, et en passant auprès de Dorante, et rapidement.*   Il m'est impossible de l'instruire ; mais qu'il se découvre[1] ou non, les choses ne peuvent aller que bien.

DORANTE.   Je viens, Madame, vous demander votre
5 protection. Je suis dans le chagrin et dans l'inquiétude. J'ai tout quitté pour avoir l'honneur d'être à vous, je vous suis plus attaché que je ne puis le dire ; on ne saurait vous servir avec plus de fidélité ni de désintéressement ; et cependant je ne suis pas sûr de rester. Tout le monde ici m'en veut, me
10 persécute et conspire pour me faire sortir. J'en suis consterné, je tremble que vous ne cédiez à leur inimitié pour moi, et j'en serais dans la dernière affliction.

ARAMINTE, *d'un ton doux.*   Tranquillisez-vous ; vous ne dépendez point de ceux qui vous en veulent ; ils ne vous ont
15 encore fait aucun tort dans mon esprit, et tous leurs petits complots n'aboutiront à rien ; je suis la maîtresse.

DORANTE, *d'un air bien inquiet.*   Je n'ai que votre appui, Madame.

ARAMINTE.   Il ne vous manquera pas. Mais je vous conseille
20 une chose : ne leur paraissez pas si alarmé, vous leur feriez douter de votre capacité, et il leur semblerait que vous m'auriez beaucoup d'obligation de ce que je vous garde.

DORANTE.   Ils ne se tromperaient pas, Madame ; c'est une bonté qui me pénètre de reconnaissance.

25 ARAMINTE.   À la bonne heure, mais il n'est pas nécessaire qu'ils le croient. Je vous sais bon gré de votre attachement

---

1. *Qu'il se découvre :* qu'il avoue ses sentiments.

et de votre fidélité ; mais dissimulez-en une partie, c'est peut-
être ce qui les indispose contre vous. Vous leur avez refusé
de m'en faire accroire sur le chapitre du procès, conformez-
30 vous à ce qu'ils exigent, regagnez-les par là ; je vous le
permets. L'événement[1] leur persuadera que vous les avez bien
servis ; car, toute réflexion faite, je suis déterminée à épouser
le Comte.

DORANTE, *d'un ton ému.* Déterminée, Madame !

35 ARAMINTE. Oui, tout à fait résolue. Le Comte croira que
vous y avez contribué ; je le lui dirai même, et je vous
garantis que vous resterez ici ; je vous le promets. *(À part.)* Il
change de couleur.

DORANTE. Quelle différence pour moi, Madame !

40 ARAMINTE, *d'un air délibéré.* Il n'y en aura aucune, ne vous
embarrassez pas, et écrivez le billet que je vais vous dicter ;
il y a tout ce qu'il faut sur cette table.

DORANTE. Eh ! pour qui, Madame ?

ARAMINTE. Pour le Comte, qui est sorti d'ici extrêmement
45 inquiet, et que je vais surprendre bien agréablement, par le
petit mot que vous allez lui écrire en mon nom. *(Dorante reste
rêveur, et par distraction ne va point à la table.)* Eh bien, vous
n'allez pas à la table ? à quoi rêvez-vous ?

DORANTE, *toujours distrait.* Oui, Madame.

50 ARAMINTE, *à part, pendant qu'il se place.* Il ne sait ce qu'il
fait. Voyons si cela continuera.

DORANTE *cherche du papier.* Ah ! Dubois m'a trompé !

ARAMINTE *poursuit.* Êtes-vous prêt à écrire ?

---

1. *L'événement :* l'issue de l'affaire.

Illustration du XIXᵉ siècle
pour *les Fausses Confidences*.

DORANTE.   Madame, je ne trouve point de papier.

55 ARAMINTE *allant elle-même.*   Vous n'en trouvez point !
En voilà devant vous.

DORANTE.   Il est vrai.

ARAMINTE.   Écrivez. « Hâtez-vous de venir, Monsieur ; votre
mariage est sûr... » Avez-vous écrit ?

60 DORANTE.   Comment, Madame ?

ARAMINTE.   Vous ne m'écoutez donc pas ? « Votre mariage
est sûr ; Madame veut que je vous l'écrive, et vous attend
pour vous le dire. » *(À part.)* Il souffre, mais il ne dit mot.
Est-ce qu'il ne parlera pas ? « N'attribuez point cette résolution
65 à la crainte que Madame pourrait avoir des suites d'un procès
douteux. »

DORANTE.   Je vous ai assuré que vous le gagneriez, Madame.
Douteux ! il ne l'est point.

ARAMINTE.   N'importe, achevez. « Non, Monsieur, je suis
70 chargé de sa part de vous assurer que la seule justice qu'elle
rend à votre mérite la détermine. »

DORANTE, *à part.*   Ciel ! je suis perdu. Mais, Madame, vous
n'aviez aucune inclination pour lui.

ARAMINTE.   Achevez, vous dis-je... « Qu'elle rend à votre
75 mérite la détermine... » Je crois que la main vous tremble !
Vous paraissez changé. Qu'est-ce que cela signifie ? Vous
trouvez-vous mal ?

DORANTE.   Je ne me trouve pas bien, Madame.

ARAMINTE.   Quoi ! Si subitement ! Cela est singulier. Pliez
80 la lettre, et mettez : « À Monsieur le comte de Dorimont. »
Vous direz à Dubois qu'il la lui porte. *(À part.)* Le cœur me
bat ! *(À Dorante.)* Voilà qui est écrit tout de travers ! Cette
adresse-là n'est presque pas lisible. *(À part.)* Il n'y a pas encore
là de quoi le convaincre.

85 DORANTE, *à part.*   Ne serait-ce point aussi pour m'éprouver ?
Dubois ne m'a averti de rien.

SCÈNE 14.   ARAMINTE, DORANTE, MARTON.

MARTON.   Je suis bien aise, Madame, de trouver Monsieur
ici ; il vous confirmera tout de suite ce que j'ai à vous dire.
Vous avez offert, en différentes occasions, de me marier,
Madame ; et jusqu'ici je ne me suis point trouvée disposée à
5 profiter de vos bontés. Aujourd'hui Monsieur me recherche ;
il vient même de refuser un parti infiniment plus riche, et le
tout pour moi ; du moins me l'a-t-il laissé croire, et il est à
propos qu'il s'explique ; mais, comme je ne veux dépendre
que de vous, c'est de vous aussi, Madame, qu'il faut qu'il
10 m'obtienne ; ainsi, Monsieur, vous n'avez qu'à parler à
Madame. Si elle m'accorde à vous, vous n'aurez point de
peine à m'obtenir de moi-même.

Acte II Scènes 13 et 14

D'UNE ÉMOTION À UNE AUTRE

1. Dorante continue, en principe, à se borner au langage d'un parfait serviteur. Mais certains des termes qu'il emploie pour décrire sa situation ne traduisent-ils pas une extrême émotion ? Qu'est-ce qui pourrait montrer qu'il exagère un peu cette émotion ?

2. De quelle façon Araminte rassure-t-elle son intendant (ton, vocabulaire, style) ?

3. À quel coup de théâtre (voir p. 201) assiste-t-on au milieu de la scène 13 ? Relevez les faits qui montrent le sang-froid d'Araminte lors de la mauvaise surprise qu'elle fait à Dorante.

4. Qu'est-ce qui montre qu'alors l'émotion du jeune homme n'est plus du tout comparable à celle qu'il pouvait éprouver au début de la scène ? Relevez un effet comique de sa « distraction ».

UN HEURT IMPLACABLE

5. Qu'y a-t-il de cruel pour Dorante dans l'ordre qu'Araminte se met à lui donner ? dans les mots dont elle se sert pour le formuler ? dans les termes mêmes de sa lettre ?

6. À ce moment extrême, rien ne compte plus pour Araminte que d'assouvir, coûte que coûte, un désir forcené. Lequel ? Citez le texte.

7. Comment Dorante réagit-il ? Est-ce tout à fait à la façon dont Araminte le souhaite ? Montrez-le.

8. La dictée de la lettre devient de plus en plus difficile. Pour quelle raison ? Quelle phrase révèle qu'Araminte est, elle aussi, très émue ?

L'IRRUPTION DE MARTON

9. Marton joue son va-tout : à quels petits indices peut-on voir qu'elle est un peu moins sûre d'elle qu'avant l'affaire du portrait ?

10. Que nous apprennent ses propos sur les mœurs du temps ?

SCÈNE 15.   DORANTE, ARAMINTE.

ARAMINTE, *à part, émue.*   Cette folle ! *(Haut.)* Je suis charmée de ce qu'elle vient de m'apprendre. Vous avez fait là un très bon choix : c'est une fille aimable et d'un excellent caractère.

DORANTE, *d'un air abattu.*   Hélas ! Madame, je ne songe
5 point à elle.

ARAMINTE.   Vous ne songez point à elle ! Elle dit que vous l'aimez, que vous l'aviez vue avant que de venir ici.

DORANTE, *tristement.*   C'est une erreur où Monsieur Remy l'a jetée sans me consulter ; et je n'ai point osé dire le
10 contraire, dans la crainte de m'en faire une ennemie auprès de vous. Il en est de même de ce riche parti qu'elle croit que je refuse à cause d'elle ; et je n'ai nulle part à tout cela[1]. Je suis hors d'état de donner mon cœur à personne[2] ; je l'ai perdu pour jamais ; et la plus brillante de toutes les fortunes
15 ne me tenterait pas.

ARAMINTE.   Vous avez tort. Il fallait désabuser Marton.

DORANTE.   Elle vous aurait, peut-être, empêchée de me recevoir ; et mon indifférence lui en dit assez.

ARAMINTE.   Mais dans la situation où vous êtes, quel intérêt
20 aviez-vous d'entrer dans ma maison, et de la préférer à une autre ?

DORANTE.   Je trouve plus de douceur à être chez vous, Madame.

ARAMINTE.   Il y a quelque chose d'incompréhensible en

---

1. *Je ... cela :* je ne suis pour rien dans tout cela.
2. *À personne :* à qui que ce soit.

25 tout ceci ! Voyez-vous souvent la personne que vous aimez ?

DORANTE, *toujours abattu.*   Pas souvent à mon gré, Madame ; et je la verrais à tout instant, que je ne croirais pas la voir assez.

ARAMINTE, *à part.*   Il a des expressions d'une tendresse !
30 *(Haut.)* Est-elle fille ? A-t-elle été mariée ?

DORANTE.   Madame, elle est veuve.

ARAMINTE.   Et ne devez-vous pas l'épouser ? Elle vous aime, sans doute ?

DORANTE.   Hélas ! Madame, elle ne sait pas seulement que
35 je l'adore. Excusez l'emportement du terme dont je me sers ; je ne saurais presque parler d'elle qu'avec transport !

ARAMINTE.   Je ne vous interroge que par étonnement. Elle ignore que vous l'aimez, dites-vous ? Et vous lui sacrifiez votre fortune ? Voilà de l'incroyable. Comment, avec tant
40 d'amour, avez-vous pu vous taire ? On essaie de se faire aimer, ce me semble ; cela est naturel et pardonnable.

DORANTE.   Me préserve le ciel d'oser concevoir la plus légère espérance ! Être aimé, moi ! Non, Madame ; son état est bien au-dessus du mien ; mon respect me condamne au
45 silence ; et je mourrai du moins sans avoir eu le malheur de lui déplaire.

ARAMINTE.   Je n'imagine point de femme qui mérite d'inspirer une passion si étonnante ; je n'en imagine point. Elle est donc au-dessus de toute comparaison ?

50 DORANTE.   Dispensez-moi de la louer, Madame ; je m'égarerais en la peignant. On ne connaît rien de si beau ni de si aimable qu'elle ; et jamais elle ne me parle, ou ne me regarde, que mon amour n'en augmente.

ARAMINTE *baisse les yeux et continue.*   Mais votre conduite
55 blesse la raison. Que prétendez-vous avec cet amour pour une personne qui ne saura jamais que vous l'aimez ? cela est bien bizarre. Que prétendez-vous ?

DORANTE.   Le plaisir de la voir quelquefois, et d'être avec elle, est tout ce que je me propose.

60 ARAMINTE.   Avec elle ! Oubliez-vous que vous êtes ici ?

DORANTE.   Je veux dire avec son portrait, quand je ne la vois point.

ARAMINTE.   Son portrait ! Est-ce que vous l'avez fait faire ?

DORANTE.   Non, Madame ; mais j'ai, par amusement, appris
65 à peindre ; et je l'ai peinte moi-même. Je me serais privé de son portrait, si je n'avais pu l'avoir que par le secours d'un autre.

ARAMINTE, *à part.*   Il faut le pousser à bout. *(Haut.)* Montrez-moi ce portrait.

70 DORANTE.   Daignez m'en dispenser, Madame ; quoique mon amour soit sans espérance, je n'en dois pas moins un secret inviolable à l'objet aimé.

ARAMINTE.   Il m'en est tombé un par hasard entre les mains ; on l'a trouvé ici. *(Montrant la boîte.)* Voyez si ce ne
75 serait point celui dont il s'agit.

DORANTE.   Cela ne se peut pas.

ARAMINTE, *ouvrant la boîte.*   Il est vrai que la chose serait assez extraordinaire. Examinez.

DORANTE.   Ah ! Madame, songez que j'aurais perdu mille
80 fois la vie, avant que d'avouer ce que le hasard vous découvre. Comment pourrai-je expier ?... *(Il se jette à ses genoux.)*

ARAMINTE.   Dorante, je ne me fâcherai point. Votre égarement me fait pitié ; revenez-en, je vous le pardonne.

MARTON *paraît et s'enfuit.*   Ah ! *(Dorante se lève vite.)*

85 ARAMINTE.   Ah ciel ! c'est Marton ! Elle vous a vu.

DORANTE, *feignant d'être déconcerté.*   Non, Madame, non ; je ne crois pas ; elle n'est point entrée.

ARAMINTE.   Elle vous a vu, vous dis-je ; laissez-moi, allez-vous-en : vous m'êtes insupportable. Rendez-moi ma lettre.
90 *(Quand il est parti.)* Voilà pourtant ce que c'est, que de l'avoir gardé !

113

Araminte (Emmanuelle Riva) et Dorante (Pierre Banderet).
Mise en scène de Jacques Lassalle.

SCÈNE 16.   ARAMINTE, DUBOIS.

DUBOIS.   Dorante s'est-il déclaré, Madame ? Et est-il
nécessaire que je lui parle ?

ARAMINTE.   Non, il ne m'a rien dit. Je n'ai rien vu
d'approchant à ce que tu m'as conté ; et qu'il n'en soit plus
5 question ; ne t'en mêle plus.

(Elle sort.)

DUBOIS.   Voici l'affaire dans sa crise !

SCÈNE 17.   DUBOIS, DORANTE.

DORANTE.   Ah ! Dubois.

DUBOIS.   Retirez-vous.

DORANTE.   Je ne sais qu'augurer de la conversation que je
viens d'avoir avec elle.

5 DUBOIS.   À quoi songez-vous ? Elle n'est qu'à deux pas.
Voulez-vous tout perdre ?

DORANTE.   Il faut que tu m'éclaircisses...

DUBOIS.   Allez dans le jardin.

DORANTE.   D'un doute...

10 DUBOIS.   Dans le jardin, vous dis-je ; je vais m'y rendre.

DORANTE.   Mais...

DUBOIS.   Je ne vous écoute plus.

DORANTE.   Je crains plus que jamais.

115

Acte II Scènes 15 à 17

UNE PROGRESSION BIEN RÉGLÉE

1. Qu'est-ce qui fait que l'aparté (voir p. 201) initial d'Araminte a une extraordinaire intensité (sc. 15) ?

2. Dans la deuxième réplique d'Araminte, qu'est-ce qui révèle qu'elle a été extrêmement attentive aux paroles de Marton ? (Voir ce que celle-ci a dit dans les scènes 9 et 14.) Pouvez-vous expliquer cette attitude ?

3. Quels sens différents peut avoir l'expression « je n'ai nulle part à tout cela » (sc. 15, l. 12) ?

4. L'interrogatoire d'Araminte : montrez qu'il devient de plus en plus précis, puis débouche sur des mots encourageants.

5. Qui est le maître du jeu ? Étudiez l'évolution du rapport de forces.

UN PIÈGE RÉCIPROQUE

6. À partir du moment où Araminte questionne Dorante sur la femme digne d'inspirer « une passion si étonnante » et l'invite ainsi à exprimer cette passion, se développe entre eux une complicité (sc. 15). Indiquez les réactions par lesquelles Araminte en prend acte et en même temps la rompt.

7. Par quelle obsession presque enfantine la passion de Dorante se manifeste-t-elle ?

8. Qu'y a-t-il d'apparemment illogique dans la formule sur laquelle Dorante se referme sur son secret ? Justifiez votre réponse.

9. Araminte avait-elle prévu les réactions qu'elle aurait lors de l'aveu de Dorante ? Quelles sont-elles ?

L'ACCÉLÉRATION DES ÉVÉNEMENTS

10. Dans la scène 15, quel rôle l'intrusion de Marton joue-t-elle dans la progression de l'intrigue ? (On pourrait comparer cette fin de scène avec différents épisodes analogues dans le théâtre de

Marivaux, notamment la scène 9 de l'acte II du *Jeu de l'amour et du hasard*.)

11. L'apparition de Dubois est-elle fortuite (sc. 16) ? Où pouvait-il être pendant la scène de l'aveu ? Pourquoi intervient-il à ce moment ? Quelle attitude adopte-t-il vis-à-vis d'Araminte, puis vis-à-vis de Dorante ? Quel rythme imprime-t-il à cette fin d'acte ?

12. Le ton sur lequel Araminte parle à Dubois vous semble-t-il s'accorder avec ce qu'elle lui dit ? Justifiez votre réponse à l'aide d'exemples précis.

13. Dans la scène 17, quelques mots prononcés à la hâte suffisent pour que Dorante laisse apparaître toutes sortes de sentiments. Quels sont ces sentiments, et en quoi contribuent-ils à le rendre sympathique ?

Ensemble de l'acte II

LIGNES DE FORCE

1. Comme de nombreux spécialistes de la dramaturgie (voir p. 202) l'ont montré, il peut être intéressant de schématiser les relations entre les personnages dans une pièce complexe en notant leur présence sur la scène. Il suffit pour cela de dresser un tableau où des lignes horizontales figureront les différentes scènes d'un acte, et des lignes verticales la présence éventuelle de chacun des personnages. Pour chaque scène où tel personnage est présent, on portera une croix à l'intersection des deux lignes. On verra ainsi apparaître des configurations où pourront se lire immédiatement la présence simultanée de plusieurs personnages et la présence continue de tel ou tel d'entre eux pendant plusieurs scènes. Établissez ce tableau et commentez-le :
a) quel est le personnage qui tient le rôle le plus important dans la première moitié de l'acte II ?
b) les apparitions de Dubois sont-elles fréquentes ? sont-elles efficaces ? Pourquoi ?
c) comment se succèdent les scènes quasi publiques et les scènes intimes ?

2. Qu'est-ce qui se passe dans la scène centrale de cet acte II, et plus particulièrement au milieu de cette scène ?

LA VIE DES PERSONNAGES

3. Dans cet acte Marton n'apparaît-elle que comme un instrument de l'intrigue ? Justifiez votre réponse.

4. Commentez ces propos du critique Jacques Schérer (voir p. 200) : « Au deuxième acte [Araminte] lutte contre son entourage. M. Remy, Marton, Dorante lui-même, et naturellement Dubois lui font ressentir la profondeur de l'amour qui ravage son intendant ; le sien, du moment qu'elle est attachée à lui et s'exalte avec lui devant des obstacles inchangés, ne peut que croître également. L'aveu qui termine l'acte établit entre les deux personnages une relation enfin directe. »

5. Êtes-vous d'accord avec ce jugement de Jacques Schérer : « Dorante a derrière lui le terrible Dubois. Il lui obéit avec une précision de somnambule. Il est remarquable que, loin d'être égaré par son amour, Dorante ait toujours des réactions efficaces et fasse toujours correctement ce qu'il faut faire. » ? Justifiez votre réponse.

Acte III

SCÈNE PREMIÈRE. DORANTE, DUBOIS.

DUBOIS.   Non, vous dis-je ; ne perdons point de temps : la lettre est-elle prête ?

DORANTE, *la lui montrant.*   Oui, la voilà, et j'ai mis dessus : rue du Figuier[1].

5 DUBOIS.   Vous êtes bien assuré qu'Arlequin ne connaît pas ce quartier-là ?

DORANTE.   Il m'a dit que non.

DUBOIS.   Lui avez-vous bien recommandé de s'adresser à Marton ou à moi pour savoir ce que c'est ?

10 DORANTE.   Sans doute, et je lui[2] recommanderai encore.

DUBOIS.   Allez donc la lui donner : je me charge du reste auprès de Marton que je vais trouver.

DORANTE.   Je t'avoue que j'hésite un peu. N'allons-nous pas trop vite avec Araminte ? Dans l'agitation des mouvements
15 où elle est, veux-tu encore lui donner l'embarras de voir subitement éclater l'aventure ?

DUBOIS.   Oh ! oui : point de quartier[3], il faut l'achever[4] pendant qu'elle est étourdie. Elle ne sait plus ce qu'elle fait.

---

1. *Rue du Figuier :* petite rue du quartier Saint-Paul à Paris (IVe arrondissement) qui existe toujours, entre la rue de l'Hôtel-de-Ville et la rue Charlemagne.
2. *Je lui :* je le lui.
3. *Point de quartier :* point de merci, de pitié, comme pour des soldats vaincus auxquels on ne fait pas grâce.
4. *Il faut l'achever :* image assez cynique empruntée à la chasse à courre.

Dorante (Jean-Pierre Bouvier) et Dubois (Roger Coggio)
dans *les Fausses Confidences,* film de Daniel Moosman, 1984.

Ne voyez-vous pas bien qu'elle triche avec moi, qu'elle me
20 fait accroire que vous ne lui avez rien dit ? Ah ! je lui
apprendrai à vouloir me souffler mon emploi de confident
pour vous aimer en fraude.

DORANTE. Que j'ai souffert dans ce dernier entretien !
Puisque tu savais qu'elle voulait me faire déclarer, que ne
25 m'en avertissais-tu par quelques signes ?

DUBOIS. Cela aurait été joli, ma foi ! elle ne s'en serait
point aperçue, n'est-ce pas ? Et d'ailleurs, votre douleur n'en
a paru que plus vraie. Vous repentez-vous de l'effet qu'elle a
produit ? Monsieur a souffert ! Parbleu ! il me semble que
30 cette aventure-ci mérite un peu d'inquiétude.

DORANTE.   Sais-tu bien ce qui arrivera ? Qu'elle prendra son parti, et qu'elle me renverra tout d'un coup.

DUBOIS.   Je lui en défie, il est trop tard ; l'heure du courage est passée, il faut qu'elle nous épouse.

35 DORANTE.   Prends-y garde ; tu vois que sa mère la fatigue.

DUBOIS.   Je serais bien fâché qu'elle la laissât en repos.

DORANTE.   Elle est confuse de ce que Marton m'a surpris à ses genoux.

DUBOIS.   Ah ! vraiment, des confusions ! Elle n'y est pas[1], 40 elle va en essuyer bien d'autres ! C'est moi qui, voyant le train que prenait la conversation, ai fait venir Marton une seconde fois.

DORANTE.   Araminte pourtant m'a dit que je lui étais insupportable.

45 DUBOIS.   Elle a raison. Voulez-vous qu'elle soit de bonne humeur avec un homme qu'il faut qu'elle aime en dépit d'elle ? Cela est-il agréable ? Vous vous emparez de son bien, de son cœur et cette femme ne criera pas ! Allez vite, plus de raisonnements, laissez-vous conduire.

50 DORANTE.   Songe que je l'aime, et que, si notre précipitation réussit mal, tu me désespères.

DUBOIS.   Ah ! oui, je sais bien que vous l'aimez ; c'est à cause de cela que je ne vous écoute pas. Êtes-vous en état de juger de rien ? Allons, allons, vous vous moquez. Laissez faire 55 un homme de sang-froid. Partez, d'autant plus que voici Marton qui vient à propos, et que je vais tâcher d'amuser[2], en attendant que vous envoyiez Arlequin.

(Dorante sort.)

---

1. *Elle n'y est pas* : elle ne se rend vraiment pas compte de sa situation.
2. *Amuser :* retenir, occuper un moment.

Acte III Scène 1

DERNIERS PRÉPARATIFS

1. Quelle atmosphère est créée dès le début de la scène ?

2. Le contenu de la lettre et l'utilisation qui en sera faite demeurent mystérieux. On peut cependant deviner la tactique que Dubois a prévue pour « achever » Araminte. Quelle est-elle ?

3. Quelles indications cette scène donne-t-elle sur l'action que Dubois a menée en coulisse au cours de l'acte II ?

4. Il lui faut aussi agir sur Dorante... Comment Dubois s'y prend-il ? Citez et commentez le texte.

UN MAUVAIS CONSPIRATEUR

5. Étudiez les réactions de Dorante dans le cours de cette scène. Comment assume-t-il le rôle que Dubois lui demande de jouer ?

6. Par quelle idée Dorante semble-t-il obsédé ?

7. Dubois fait bien ressortir ce qu'il y a de comique dans une des répliques de son ancien maître. Laquelle ?

8. Qu'y a-t-il d'amusant dans le contraste offert par les deux hommes (attitude, langage, etc.) ?

L'ASSURANCE DE DUBOIS

9. Dubois comme projection du dramaturge : montrez que les objections que lui oppose Dorante désignent précisément les moyens qu'il compte utiliser pour faire triompher sa stratégie.

10. Relevez les phrases où Dubois parle d'Araminte avec un certain cynisme.

11. En réalité, ne fait-il pas preuve d'un certain humour ? Citez le texte à l'appui de votre réponse.

12. Comment se manifeste l'ironie de Dubois à l'égard de Dorante ?

SCÈNE 2. DUBOIS, MARTON.

MARTON, *d'un air triste.* Je te cherchais.

DUBOIS. Qu'y a-t-il pour votre service, Mademoiselle ?

MARTON. Tu me l'avais bien dit, Dubois.

DUBOIS. Quoi donc ? Je ne me souviens plus de ce que
5 c'est.

MARTON. Que cet intendant osait lever les yeux sur
Madame.

DUBOIS. Ah ! oui : vous parlez de ce regard que je lui vis
jeter sur elle. Oh ! jamais je ne l'ai oublié. Cette œillade-là
10 ne valait rien ; il y avait quelque chose dedans qui n'était
pas dans l'ordre[1].

MARTON. Oh çà, Dubois, il s'agit de faire sortir cet
homme-ci.

DUBOIS. Pardi ! tant qu'on voudra ; je ne m'y épargne pas[2].
15 J'ai déjà dit à Madame qu'on m'avait assuré qu'il n'entendait
pas les affaires.

MARTON. Mais est-ce là tout ce que tu sais de lui ? C'est
de la part de Madame Argante et de Monsieur le Comte que
je te parle, et nous avons peur que tu n'aies pas tout dit à
20 Madame, ou qu'elle ne cache ce que c'est. Ne nous déguise
rien, tu n'en seras pas fâché.

DUBOIS. Ma foi, je ne sais que son insuffisance, dont j'ai
instruit Madame.

MARTON. Ne dissimule point.
25 DUBOIS. Moi ! un dissimulé ! moi ! garder un secret ! Vous
avez bien trouvé votre homme. En fait de discrétion, je
mériterais d'être femme. Je vous demande pardon de la
comparaison ; mais c'est pour vous mettre l'esprit en repos.

---

1. *Pas dans l'ordre :* pas normal.
2. *Je ne m'y épargne pas :* je ne ménage pas ma peine pour y arriver.

MARTON.   Il est certain qu'il aime Madame.

30 DUBOIS.   Il n'en faut point douter ; je lui en ai même dit ma pensée à elle.

MARTON.   Et qu'a-t-elle répondu ?

DUBOIS.   Que j'étais un sot. Elle est si prévenue[1].

MARTON.   Prévenue à un point que je n'oserais le dire, 35 Dubois.

DUBOIS.   Oh ! le diable n'y perd rien, ni moi non plus[2] ; car je vous entends.

MARTON.   Tu as la mine d'en savoir plus que moi là-dessus.

DUBOIS.   Oh ! point du tout, je vous jure. Mais, à propos, 40 il vient tout à l'heure d'appeler Arlequin pour lui donner une lettre ; si nous pouvions la saisir, peut-être en saurions-nous davantage.

MARTON.   Une lettre, oui-da ; ne négligeons rien. Je vais, de ce pas, parler à Arlequin, s'il n'est pas encore parti.

45 DUBOIS.   Vous n'irez pas loin ; je crois qu'il vient.

SCÈNE 3.   MARTON, DUBOIS, ARLEQUIN.

ARLEQUIN, *voyant Dubois*.   Ah ! te voilà donc, mal bâti.

DUBOIS.   Tenez : n'est-ce pas là une belle figure pour se moquer de la mienne ?

MARTON.   Que veux-tu, Arlequin ?

---

1. *Elle est si prévenue* : elle est si bien disposée à l'égard de Dorante.
2. *Le diable … non plus* : le diable s'y retrouve, et moi, je ne m'y trompe pas (expression à double sens).

5 ARLEQUIN. Ne sauriez-vous pas où demeure la rue du Figuier, Mademoiselle ?

MARTON. Oui.

ARLEQUIN. C'est que mon camarade, que je sers, m'a dit de porter cette lettre à quelqu'un qui est dans cette rue, et
10 comme je ne la sais pas, il m'a dit que je m'en informasse à vous ou à cet animal-là ; mais cet animal-là ne mérite pas que je lui en parle, sinon pour l'injurier. J'aimerais mieux que le diable eût emporté toutes les rues, que d'en savoir une par le moyen d'un malotru[1] comme lui.

15 DUBOIS, *à Marton, à part.* Prenez la lettre. *(Haut.)* Non, non, Mademoiselle, ne lui enseignez rien ; qu'il galope.

ARLEQUIN. Veux-tu te taire ?

MARTON, *négligemment.* Ne l'interrompez donc point, Dubois. Eh bien ! veux-tu me donner ta lettre ? Je vais envoyer[2] dans
20 ce quartier-là, et on la rendra[3] à son adresse.

ARLEQUIN. Ah ! voilà qui est bien agréable ! Vous êtes une fille de bonne amitié, Mademoiselle.

DUBOIS, *s'en allant.* Vous êtes bien bonne d'épargner de la peine à ce fainéant-là !

25 ARLEQUIN. Ce malhonnête ! Va, va trouver le tableau pour voir comme il se moque de toi.

MARTON, *seule avec Arlequin.* Ne lui réponds rien : donne ta lettre.

ARLEQUIN. Tenez, Mademoiselle ; vous me rendez un service
30 qui me fait grand bien. Quand il y aura à trotter pour votre serviable personne, n'ayez point d'autre postillon que moi.

---

1. *Malotru :* homme grossier, mal élevé.
2. *Envoyer :* envoyer quelqu'un.
3. *On la rendra :* on la fera parvenir.

MARTON.   Elle sera rendue exactement.

ARLEQUIN.   Oui, je vous recommande l'exactitude à cause de Monsieur Dorante qui mérite toutes sortes de fidélités.

35 MARTON, *à part*.   L'indigne !

ARLEQUIN, *s'en allant*.   Je suis votre serviteur éternel.

MARTON.   Adieu.

ARLEQUIN, *revenant*.   Si vous le rencontrez, ne lui dites point qu'un autre galope à ma place.

Acte III Scènes 2 et 3

LA DÉMARCHE DE MARTON

1. Sur quels sujets porte successivement la conversation entre Marton et Dubois (sc. 2) ?

2. La spontanéité de la jeune fille : relevez une phrase où, avec des mots très simples, elle exprime une profonde tristesse et une autre où elle laisse apparaître assez naïvement ses sentiments.

3. Analysez et comparez les expressions : « Madame est bonne et sage ; mais prenez garde, ne trouvez-vous pas que ce petit galant-là fait les yeux doux ? » (I, 17), « Que cet intendant osait lever les yeux sur Madame » et « ce regard que je lui vis jeter sur elle » (III, 2). Par qui sont-elles prononcées ? Veulent-elles dire exactement la même chose ? Justifiez votre réponse.

4. De quelle démarche Marton a-t-elle été chargée ? Quelle promesse fait-elle à Dubois ? Qu'est-ce qui montre qu'elle a choisi son camp ?

UN MANIPULATEUR AMUSÉ

5. À quelle scène de l'acte I est-il fait allusion au début de la scène 2 ? Sur quel ton Dubois parle-t-il du regard que Dorante a « jeté » sur Araminte ? Est-ce une bonne façon de rassurer Marton ?

6. Quand il s'agit de rapporter son entretien avec Araminte (acte II, sc. 12), va-t-il droit au but et dit-il exactement ce qui en a été ? Quels sentiments cherche-t-il à éveiller ? (Voir sc. 2, l. 30 à 35.)

7. Qu'y a-t-il d'amusant dans sa façon de parler de sa « discrétion » et des dispositions sentimentales d'Araminte ?

8. Le coup de grâce : montrez avec quelle habileté Dubois amène finalement Marton où il veut en venir, après avoir tant soit peu joué avec elle « au chat et à la souris ». Quelle expression montre son succès ?

UNE MANŒUVRE COURONNÉE DE SUCCÈS
(scène 3)

9. Il s'agit de faire passer la lettre de Dorante des mains d'Arlequin dans celles de Marton... Comment Dubois et celle-ci s'y prennent-ils ?

10. La naïveté d'Arlequin : quels sentiments exprime-t-il dans cette scène vis-à-vis de Dorante, de Dubois et de Marton ? Qu'y a-t-il de comique dans ses dernières répliques ?

11. La saveur du langage : Arlequin continue à s'appliquer à parler de façon cérémonieuse, mais il n'y parvient pas si bien qu'il le voudrait... Relevez deux ou trois expressions cocasses ou trop expressives qui jurent avec ce ton affecté.

12. Relevez les termes et expressions qui désignent la tâche qu'Arlequin doit effectuer. Quels sont leurs points communs ? Quels renseignements cela donne-t-il sur la façon dont on considérait les domestiques au XVIIIe siècle ?

SCÈNE 4. MADAME ARGANTE, LE COMTE, MARTON.

MARTON, *un moment seule.* Ne disons mot que[1] je n'aie vu ce que ceci contient.

MADAME ARGANTE. Eh bien, Marton, qu'avez-vous appris de Dubois ?

5 MARTON. Rien que ce que vous saviez déjà, Madame, et ce n'est pas assez.

MADAME ARGANTE. Dubois est un coquin qui nous trompe.

LE COMTE. Il est vrai que sa menace paraissait signifier quelque chose de plus.

10 MADAME ARGANTE. Quoi qu'il en soit, j'attends Monsieur Remy, que j'ai envoyé chercher ; et s'il ne nous défait pas de cet homme-là, ma fille saura qu'il ose l'aimer ; je l'ai résolu ; nous en avons les présomptions les plus fortes ; et ne fût-ce que par bienséance, il faudra bien qu'elle le chasse. 15 D'un autre côté, j'ai fait venir l'intendant que Monsieur le Comte lui proposait. Il est ici, et je le lui présenterai sur-le-champ.

MARTON. Je doute que vous réussissiez si nous n'apprenons rien de nouveau : mais je tiens peut-être son congé, moi qui 20 vous parle... Voici Monsieur Remy ; je n'ai pas le temps de vous en dire davantage ; et je vais m'éclaircir.

(Elle veut sortir.)

---

1. *Que :* avant que.

SCÈNE 5. MONSIEUR REMY,
MADAME ARGANTE, LE COMTE, MARTON.

MONSIEUR REMY, *à Marton qui se retire.*   Bonjour, ma nièce, puisque enfin il faut que vous la soyez[1]. Savez-vous ce qu'on me veut ici ?

5 MARTON, *brusquement.*   Passez, Monsieur, et cherchez votre nièce ailleurs, je n'aime point les mauvais plaisants. *(Elle sort.)*

MONSIEUR REMY.   Voilà une petite fille bien incivile[2]. *(À Madame Argante.)* On m'a dit de votre part de venir ici, Madame, de quoi est-il donc question ?

MADAME ARGANTE, *d'un ton revêche.*   Ah ! c'est donc vous,
10 Monsieur le Procureur ?

MONSIEUR REMY.   Oui, Madame, je vous garantis que c'est moi-même.

MADAME ARGANTE.   Et de quoi vous êtes-vous avisé[3], je vous prie, de nous embarrasser d'un intendant de votre façon ?

15 MONSIEUR REMY.   Et par quel hasard Madame y trouve-t-elle à redire ?

MADAME ARGANTE.   C'est que nous nous serions bien passés du présent que vous nous avez fait.

MONSIEUR REMY.   Ma foi, Madame, s'il n'est pas à votre
20 goût, vous êtes bien difficile.

MADAME ARGANTE.   C'est votre neveu, dit-on ?

MONSIEUR REMY.   Oui, Madame.

MADAME ARGANTE.   Eh bien, tout votre neveu qu'il est, vous nous ferez un grand plaisir de le retirer.

---

1. *Que vous la soyez :* que vous le soyez. Contrairement à la règle établie au XVIIe siècle par le grammairien Vaugelas, Marivaux met au féminin le pronom lorsqu'il est question d'une femme.
2. *Incivile :* peu polie.
3. *De quoi ... avisé :* quelle idée avez-vous eue.

25 MONSIEUR REMY.   Ce n'est pas à vous que je l'ai donné.

MADAME ARGANTE.   Non ; mais c'est à nous qu'il déplaît, à moi et à Monsieur le Comte que voilà, et qui doit épouser ma fille.

MONSIEUR REMY, *élevant la voix*.   Celui-ci[1] est nouveau !
30 Mais, Madame, dès qu'il n'est pas à vous, il me semble qu'il n'est pas essentiel qu'il vous plaise. On n'a pas mis dans le marché qu'il vous plairait, personne n'a songé à cela ; et, pourvu qu'il convienne à Madame Araminte, tout doit être content ; tant pis pour qui ne l'est pas. Qu'est-ce que cela
35 signifie ?

MADAME ARGANTE.   Mais, vous avez le ton bien rogue[2], Monsieur Remy.

MONSIEUR REMY.   Ma foi, vos compliments ne sont pas propres à l'adoucir, Madame Argante.

40 LE COMTE.   Doucement, Monsieur le Procureur, doucement ; il me paraît que vous avez tort.

MONSIEUR REMY.   Comme vous voudrez, Monsieur le Comte, comme vous voudrez ; mais cela ne vous regarde pas : vous savez bien que je n'ai pas l'honneur de vous
45 connaître ; et nous n'avons que faire ensemble, pas la moindre chose.

LE COMTE.   Que vous me connaissiez ou non, il n'est pas si peu essentiel que vous le dites que votre neveu plaise à Madame ; elle n'est pas une étrangère dans la maison.

50 MONSIEUR REMY.   Parfaitement étrangère pour cette affaire-ci, Monsieur ; on ne peut pas plus étrangère : au surplus, Dorante est un homme d'honneur, connu pour tel, dont j'ai répondu, dont je répondrai toujours, et dont Madame parle ici d'une manière choquante.

---

1. *Celui-ci* : ceci.
2. *Rogue* : hautain et arrogant.

131

55 MADAME ARGANTE.   Votre Dorante est un impertinent.

MONSIEUR REMY.   Bagatelle ! Ce mot-là ne signifie rien dans votre bouche.

MADAME ARGANTE.   Dans ma bouche ! À qui parle donc ce petit praticien[1], Monsieur le Comte ? Est-ce que vous ne
60 lui imposerez pas silence ?

MONSIEUR REMY.   Comment donc ! m'imposer silence ! à moi, Procureur ! Savez-vous bien qu'il y a cinquante ans que je parle, Madame Argante ?

MADAME ARGANTE.   Il y a donc cinquante ans que vous
65 ne savez ce que vous dites.

---

1. *Praticien :* auxiliaire de justice (procureur ou greffier par exemple).

Acte III Scènes 4 et 5

BRANLE-BAS DE COMBAT (scène 4)

1. La vivacité de Marton : quelles sont ses réactions dans la scène 4 et au début de la scène 5 ?

2. À quelle réplique de Dubois le comte fait-il allusion quand il parle de sa « menace » (acte II, sc. 10) ?

3. Comment Mme Argante voit-elle les événements futurs ? Précisez les étapes du plan qu'elle a conçu.

4. Peut-on dire que cette « agitation » répond parfaitement aux attentes de Dubois ? Justifiez votre réponse.

LA PREMIÈRE BATAILLE (scène 5)

5. Dans le début de la scène, comment l'acrimonie de Mme Argante et son mépris à l'égard de M. Remy s'expriment-ils ? Citez et commentez le texte.

6. À quel argument décisif juge-t-elle bon de recourir pour faire lâcher prise à son interlocuteur ?

7. Qu'est-ce qui pousse le comte à intervenir ? Commenter à ce propos la réplique précédente de M. Remy.

8. Même s'il cherche à intervenir en douceur, le ton adopté par le comte n'est certainement pas de nature à calmer M. Remy. Montrez-le.

UN CONFLIT SOCIAL

9. La fierté de M. Remy : l'intervention du comte l'impressionne-t-elle ? Justifiez votre réponse.

10. Pourquoi cette affaire lui tient-elle tant à cœur ? Comment, en prenant la défense de Dorante, s'affirme-t-il lui-même face au comte ?

11. Étudiez la montée de la tension dans la fin de la scène (rythme des répliques, vocabulaire, ponctuation, etc.).

12. Qu'y a-t-il de savoureux et de comique dans les trois dernières répliques de la scène ?

SCÈNE 6. ARAMINTE, MADAME ARGANTE, MONSIEUR REMY, LE COMTE.

ARAMINTE. Qu'y a-t-il donc ? On dirait que vous vous querellez.

MONSIEUR REMY. Nous ne sommes pas fort en paix, et vous venez très à propos, Madame : il s'agit de Dorante ;
5 avez-vous sujet de vous plaindre de lui ?

ARAMINTE. Non, que je sache.

MONSIEUR REMY. Vous êtes-vous aperçue qu'il ait manqué de probité ?

ARAMINTE. Lui ? non vraiment ; je ne le connais que pour
10 un homme très estimable.

MONSIEUR REMY. Au discours que Madame en tient[1], ce doit pourtant être un fripon, dont il faut que je vous délivre, et on se passerait bien du présent que je vous ai fait, et c'est un impertinent qui déplaît à Madame, qui déplaît à Monsieur
15 qui parle en qualité d'époux futur ; et à cause que je le défends, on veut me persuader que je radote.

ARAMINTE, *froidement*. On se jette là dans de grands excès, je n'y ai point de part, Monsieur ; je suis bien éloignée de vous traiter si mal : à l'égard de Dorante, la meilleure
20 justification qu'il y ait pour lui, c'est que je le garde. Mais je venais pour savoir une chose, Monsieur le Comte ; il y a là-bas, m'a-t-on dit, un homme d'affaires que vous avez amené pour moi, on se trompe apparemment.

LE COMTE. Madame, il est vrai qu'il est venu avec moi ;
25 mais c'est Madame Argante...

MADAME ARGANTE. Attendez, je vais répondre : oui, ma fille, c'est moi qui ai prié Monsieur de le faire venir pour

---

1. *En tient :* tient sur lui.

remplacer celui que vous avez et que vous allez mettre
dehors ; je suis sûre de mon fait. J'ai laissé dire votre procureur,
30 au reste ; mais il amplifie[1].

MONSIEUR RÉMY.   Courage !

MADAME ARGANTE, *vivement.*   Paix ; vous avez assez parlé.
(À Araminte.) Je n'ai point dit que son neveu fût un fripon ;
il ne serait pas impossible qu'il le fût ; je n'en serais pas
35 étonnée.

Madame Argante (Micheline Presle) et Araminte (Brigitte Fossey)
dans le film de Daniel Moosman, 1984.

---

1. *Il amplifie :* il tient des propos excessifs. D'après le *Dictionnaire
de l'Académie* (édition de 1740), « amplifier », c'est « étendre,
augmenter par le discours ».

MONSIEUR REMY. Mauvaise parenthèse, avec votre permission, supposition injurieuse, et tout à fait hors d'œuvre[1].

MADAME ARGANTE. Honnête homme, soit, du moins n'a-t-on pas encore de preuves du contraire, et je veux croire
40 qu'il l'est. Pour un impertinent et très impertinent, j'ai dit qu'il en était un, et j'ai raison : vous dites que vous le garderez ; vous n'en ferez rien.

ARAMINTE, *froidement*. Il restera, je vous assure.

MADAME ARGANTE. Point du tout ; vous ne sauriez. Seriez-
45 vous d'humeur à garder un intendant qui vous aime ?

MONSIEUR REMY. Eh ! à qui voulez-vous donc qu'il s'attache ? À vous, à qui il n'a pas affaire ?

ARAMINTE. Mais en effet, pourquoi faut-il que mon intendant me haïsse ?

50 MADAME ARGANTE. Eh ! non, point d'équivoque : quand je vous dis qu'il vous aime, j'entends qu'il est amoureux de vous, en bon français, qu'il est ce qu'on appelle amoureux ; qu'il soupire pour vous, que vous êtes l'objet secret de sa tendresse.

55 MONSIEUR REMY, *étonné*. Dorante ?

ARAMINTE, *riant*. L'objet secret de sa tendresse ! Oh oui, très secret, je pense : ah ! ah ! je ne me croyais pas si dangereuse à voir. Mais dès que vous devinez de pareils secrets, que ne devinez-vous que tous mes gens sont comme
60 lui ? peut-être qu'ils m'aiment aussi : que sait-on ? Monsieur Remy, vous qui me voyez assez souvent, j'ai envie de deviner que vous m'aimez aussi.

MONSIEUR REMY. Ma foi, Madame, à l'âge de mon neveu, je ne m'en tirais pas mieux qu'on dit qu'il s'en tire.

---

1. *Hors d'œuvre :* hors du sujet, du propos qui nous intéresse.

65 MADAME ARGANTE. Ceci n'est pas matière à plaisanterie, ma fille ; il n'est pas question de votre Monsieur Remy ; laissons là ce bonhomme[1], et traitons la chose un peu plus sérieusement. Vos gens ne vous font pas peindre, vos gens ne se mettent point à contempler vos portraits, vos gens n'ont 70 point l'air galant, la mine doucereuse.

MONSIEUR REMY, *à Araminte.* J'ai laissé passer le bonhomme à cause de vous, au moins ; mais le bonhomme est quelquefois brutal.

ARAMINTE. En vérité, ma mère, vous seriez la première à 75 vous moquer de moi, si ce que vous dites me faisait la moindre impression ; ce serait une enfance[2] à moi que de le renvoyer sur un pareil soupçon. Est-ce qu'on ne peut me voir sans m'aimer ? Je n'y saurais que faire, il faut bien m'y accoutumer et prendre mon parti là-dessus. Vous lui trouvez 80 l'air galant, dites-vous ? je n'y avais pas pris garde, et je ne lui en ferai point un reproche ; il y aurait de la bizarrerie à se fâcher de ce qu'il est bien fait. Je suis d'ailleurs comme tout le monde, j'aime assez les gens de bonne mine.

SCÈNE 7. ARAMINTE, MADAME ARGANTE, MONSIEUR REMY, LE COMTE, DORANTE.

DORANTE. Je vous demande pardon, Madame, si je vous interromps ; j'ai lieu de présumer que mes services ne vous sont plus agréables ; et dans la conjoncture présente, il est naturel que je sache mon sort.

---

1. *Ce bonhomme* : ce vieux. Dubois employait ce mot de façon un peu moins désobligeante dans la scène 14 de l'acte I, ligne 16.
2. *Enfance* : « puérilité, chose qui convient à un enfant » (*Dictionnaire de l'Académie*, 1740), enfantillage.

5 MADAME ARGANTE, *ironiquement.* Son sort ! Le sort d'un intendant : que cela est beau !

MONSIEUR REMY. Et pourquoi n'aurait-il pas un sort ?

ARAMINTE, *d'un air vif à sa mère.* Voilà des emportements qui m'appartiennent[1]. *(À Dorante.)* Quelle est cette conjoncture,
10 Monsieur, et le motif de votre inquiétude ?

DORANTE. Vous le savez, Madame ; il y a quelqu'un ici que vous avez envoyé chercher pour occuper ma place.

ARAMINTE. Ce quelqu'un-là est fort mal conseillé. Désabusez-vous ; ce n'est point moi qui l'ai fait venir.

15 DORANTE. Tout a contribué à me tromper, d'autant plus que Mademoiselle Marton vient de m'assurer que dans une heure je ne serais plus ici.

ARAMINTE. Marton vous a tenu un fort sot discours.

MADAME ARGANTE. Le terme est encore trop long ; il
20 devrait en sortir tout à l'heure.

MONSIEUR REMY, *comme à part.* Voyons par où cela finira.

ARAMINTE. Allez, Dorante, tenez-vous en repos ; fussiez-vous l'homme du monde qui me convînt le moins, vous resteriez. Dans cette occasion-ci, c'est à moi-même que je dois
25 cela ; je me sens offensée du procédé qu'on a avec moi, et je vais faire dire à cet homme d'affaires qu'il se retire : que ceux qui l'ont amené sans me consulter le remmènent, et qu'il n'en soit plus parlé.

---

1. *Voilà … m'appartiennent* : moi seule aurais le droit de m'emporter.

Acte III Scènes 6 et 7

UNE SCÈNE TRÈS ANIMÉE

1. Commentez l'attitude du comte et celle de Mme Argante lors du premier moment tournant de la scène 6.

2. Un crescendo (voir p. 201) : la querelle devient de plus en plus violente. On pourrait y distinguer trois moments successifs, au cours desquels M. Remy supporte de plus en plus mal certains des termes employés par Mme Argante. Quels sont ces termes ?

3. De quelle façon Mme Argante manifeste-t-elle ici la violence de ses préjugés sociaux ?

4. Montrez que M. Remy n'est absolument pas impressionné par Mme Argante ni par le comte (sc. 6, l. 11 à 16 et 36-37), mais qu'il cherche longtemps à contenir sa colère (voir lignes 71 à 73).

5. Quelle forme cette colère prend-elle au moment où elle éclate ?

ARAMINTE SUR LA SELLETTE

6. Quel coup de théâtre Mme Argante provoque-t-elle au milieu de la scène 6 ? Qu'est-ce qui montre que M. Remy ne comprend pas tout de suite ce qu'elle veut dire ?

7. Qu'y a-t-il de comique dans les deux petites tirades où Mme Argante s'acharne à prouver que Dorante est amoureux de sa fille ? Peut-on dire qu'elle emploie un langage précieux ?

8. À quelle parade Araminte recourt-elle face à cette dénonciation ? Comment se manifeste d'abord son ironie ?

9. Après avoir ironisé sur les soupçons insensés de sa mère, Araminte finit par aller droit au but, en ironisant plus fortement encore, et elle ponctue la scène par une bravade. Montrez-le.

UNE FIÈRE DÉCISION

10. Araminte avait assuré qu'elle garderait son intendant. Montrez que tout contribue à ce qu'elle en donne une confirmation éclatante (sc. 7).

11. Étudiez le changement de ton d'Araminte vis-à-vis de Dorante au cours de la scène 7.

12. Quel type de réaction traduit la façon dont Araminte annonce sa décision ?

SCÈNE 8.   ARAMINTE, MADAME ARGANTE, MONSIEUR REMY, LE COMTE, DORANTE, MARTON.

MARTON, *froidement*.   Ne vous pressez pas de le renvoyer, Madame ; voilà une lettre de recommandation pour lui, et c'est Monsieur Dorante qui l'a écrite.

ARAMINTE.   Comment ?

5 MARTON, *donnant la lettre au Comte*.   Un instant, Madame ; cela mérite d'être écouté : la lettre est de Monsieur, vous dis-je.

LE COMTE *lit haut*.   « Je vous conjure, mon cher ami, d'être demain sur les neuf heures du matin chez vous ; j'ai bien des choses à vous dire. Je crois que je vais sortir de chez la

10 dame que vous savez. Elle ne peut plus ignorer la malheureuse passion que j'ai prise pour elle, et dont je ne guérirai jamais. »

MADAME ARGANTE.   De la passion ! Entendez-vous, ma fille ?

15 LE COMTE *lit*.   « Un misérable ouvrier que je n'attendais pas est venu ici pour m'apporter la boîte de ce portrait que j'ai fait d'elle. »

MADAME ARGANTE.   C'est-à-dire que le personnage sait peindre.

20 LE COMTE *lit*.   « J'étais absent, il l'a laissée à une fille de la maison. »

MADAME ARGANTE, *à Marton*.   Fille de la maison ? cela vous regarde.

LE COMTE *lit*.   « On a soupçonné que ce portrait

25 m'appartenait ; ainsi, je pense qu'on va tout découvrir, et qu'avec le chagrin d'être renvoyé, et de perdre le plaisir de voir tous les jours celle que j'adore... »

MADAME ARGANTE.   Que j'adore ! Ah ! Que j'adore !

LE COMTE *lit*.   « J'aurai encore celui d'être méprisé d'elle. »

30 MADAME ARGANTE.   Je crois qu'il n'a pas mal deviné celui-là, ma fille.

LE COMTE *lit.* « Non pas à cause de la médiocrité de ma fortune, sorte de mépris dont je n'oserais la croire capable... »

MADAME ARGANTE. Eh ! pourquoi non ?

35 LE COMTE *lit.* « Mais seulement du peu que je vaux auprès d'elle, tout honoré que je suis de l'estime de tant d'honnêtes gens. »

MADAME ARGANTE. Et en vertu de quoi l'estiment-ils tant ?

LE COMTE *lit.* « Auquel cas je n'ai plus que faire à Paris.
40 Vous êtes à la veille de vous embarquer, et je suis déterminé à vous suivre. »

MADAME ARGANTE. Bon voyage au galant.

MONSIEUR REMY. Le beau motif d'embarquement !

MADAME ARGANTE. Eh bien, en avez-vous le cœur net,
45 ma fille ?

LE COMTE. L'éclaircissement m'en paraît complet.

ARAMINTE, *à Dorante.* Quoi ! cette lettre n'est pas d'une écriture contrefaite ? vous ne la niez point ?

DORANTE. Madame...

50 ARAMINTE. Retirez-vous.

MONSIEUR REMY. Eh bien, quoi ? c'est de l'amour qu'il a ; ce n'est pas d'aujourd'hui que les belles personnes en donnent, et tel que vous le voyez, il n'en a pas pris pour toutes celles qui auraient bien voulu lui en donner. Cet amour-
55 là lui coûte quinze mille livres de rente, sans compter les mers qu'il veut courir ; voilà le mal ; car au reste, s'il était riche, le personnage en vaudrait bien un autre ; il pourrait bien dire qu'il adore. *(Contrefaisant Madame Argante).* Et cela ne serait point si ridicule. Accommodez-vous[1] ; au reste, je
60 suis votre serviteur, Madame.

(Il sort.)

---

1. *Accommodez-vous :* arrangez-vous comme vous pourrez, débrouil-lez-vous.

MARTON. Fera-t-on monter l'intendant que Monsieur le Comte a amené, Madame ?

ARAMINTE. N'entendrai-je parler que d'intendant ! Allez-vous-en, vous prenez mal votre temps pour me faire des questions.

(Marton sort.)

MADAME ARGANTE. Mais, ma fille, elle a raison, c'est Monsieur le Comte qui vous en répond, il n'y a qu'à le prendre.

ARAMINTE. Et moi, je n'en veux point.

LE COMTE. Est-ce à cause qu'il vient de ma part, Madame ?

ARAMINTE. Vous êtes le maître d'interpréter, Monsieur ; mais je n'en veux point.

LE COMTE. Vous vous expliquez là-dessus d'un air de vivacité qui m'étonne.

MADAME ARGANTE. Mais en effet, je ne vous reconnais pas. Qu'est-ce qui vous fâche ?

ARAMINTE. Tout. On s'y est mal pris : il y a dans tout ceci des façons si désagréables, des moyens si offensants, que tout m'en choque.

MADAME ARGANTE, *étonnée*. On ne vous entend point !

LE COMTE. Quoique je n'aie aucune part à ce qui vient de se passer, je ne m'aperçois que trop, Madame, que je ne suis pas exempt de votre mauvaise humeur, et je serais fâché d'y contribuer davantage par ma présence.

MADAME ARGANTE. Non, Monsieur, je vous suis. Ma fille, je retiens Monsieur le Comte ; vous allez venir nous trouver apparemment. Vous n'y songez pas, Araminte ; on ne sait que penser.

Acte III Scène 8

DEUX COMPLOTS SIMULTANÉS

1. À qui s'adresse véritablement la lettre ? Cela a-t-il des conséquences sur la façon dont elle est écrite ? Justifiez votre réponse à l'aide d'exemples précis.

2. Le langage de la passion fatale : qu'est-ce qu'Araminte peut trouver de touchant dans la lettre de Dorante ?

3. Cette scène ne peut lui apparaître que comme la mise en œuvre d'un complot rigoureusement réglé. Pour quelles raisons ?

4. N'y a-t-il pas dans cette mise en œuvre des choses qui peuvent effectivement la « choquer » ? Citez le texte.

5. Araminte est amenée à détruire soudain tout ce qui paraissait acquis à la fin de la scène 7. À quel moment ? Sait-elle à cet instant ce qu'elle veut exactement ? Justifiez votre réponse.

DEUX PERSONNAGES ÉGAUX À EUX-MÊMES

6. La lecture de la lettre de Dorante réjouit tant Mme Argante qu'elle s'en donne à cœur joie... Montrez ce que ses interventions ont à la fois de virulent et de comique.

7. M. Remy est-il revenu sur son mépris des « beaux sentiments » ? Comment apprécie-t-il la passion de son neveu ?

8. Pense-t-il que Dorante puisse épouser Araminte ? Argumentez votre réponse en citant des exemples.

9. Ne dénonce-t-il pas cependant le préjugé social qui interdit à son neveu d'exprimer son amour ? Rapprochez les lignes 51 à 60 des lignes 79 à 82 de la scène 12 de l'acte II.

« ON NE SAIT QUE PENSER »

10. Quelle parade Araminte trouve-t-elle instinctivement face à l'offensive des ennemis de Dorante ?

11. Qu'est-ce que la stupeur de Mme Argante a de comique ?

12. Étudiez les réactions du comte dans cette fin de scène.

13. Quel effet les sorties successives des personnages contribuent-elles à produire ?

SCÈNE 9. ARAMINTE, DUBOIS.

DUBOIS. Enfin, Madame, à ce que je vois, vous en voilà délivrée. Qu'il devienne tout ce qu'il voudra à présent, tout le monde a été témoin de sa folie, et vous n'avez plus rien à craindre de sa douleur ; il ne dit mot. Au reste, je viens
5 seulement de le rencontrer plus mort que vif, qui traversait la galerie pour aller chez lui. Vous auriez trop ri de le voir soupirer. Il m'a pourtant fait pitié. Je l'ai vu si défait, si pâle et si triste, que j'ai eu peur qu'il ne se trouve mal.

ARAMINTE, *qui ne l'a pas regardé jusque-là, et qui a toujours rêvé, dit d'un ton haut.* Mais qu'on aille donc voir : quelqu'un l'a-
10 t-il suivi ? Que ne le secouriez-vous ? Faut-il le tuer, cet homme ?

DUBOIS. J'y ai pourvu, Madame. J'ai appelé Arlequin qui ne le quittera pas, et je crois d'ailleurs qu'il n'arrivera rien : voilà qui est fini. Je ne suis venu que pour dire une chose ;
15 c'est que je pense qu'il demandera à vous parler, et je ne conseille pas à Madame de le voir davantage ; ce n'est pas la peine.

ARAMINTE, *sèchement.* Ne vous embarrassez pas, ce sont mes affaires.

20 DUBOIS. En un mot, vous en êtes quitte, et cela par le moyen de cette lettre qu'on vous a lue, et que Mademoiselle Marton a tirée d'Arlequin par mon avis ; je me suis douté qu'elle pourrait vous être utile, et c'est une excellente idée que j'ai eue là, n'est-ce pas, Madame ?

25 ARAMINTE, *froidement.* Quoi ! c'est à vous que j'ai l'obligation de la scène qui vient de se passer ?

DUBOIS, *librement.* Oui, Madame.

ARAMINTE. Méchant valet ! Ne vous présentez plus devant moi.

30 DUBOIS, *comme étonné.* Hélas ! Madame, j'ai cru bien faire.

ARAMINTE.   Allez, malheureux ! il fallait m'obéir ; je vous
avais dit de ne plus vous en mêler : vous m'avez jetée dans
tous les désagréments que je voulais éviter. C'est vous qui
avez répandu tous les soupçons qu'on a eus sur son compte,
35 et ce n'est pas par attachement pour moi que vous m'avez
appris qu'il m'aimait, ce n'est que par le plaisir de faire du
mal. Il m'importait peu d'en être instruite : c'est un amour
que je n'aurais jamais su, et je le trouve bien malheureux
d'avoir eu affaire à vous, lui qui a été votre maître, qui vous
40 affectionnait, qui vous a bien traité, qui vient, tout récemment
encore, de vous prier à genoux de lui garder le secret. Vous
l'assassinez, vous me trahissez moi-même. Il faut que vous
soyez capable de tout. Que je ne vous voie jamais, et point
de réplique.

45 DUBOIS *s'en va en riant.*   Allons, voilà qui est parfait.

SCÈNE 10.   ARAMINTE, MARTON.

MARTON, *triste.*   La manière dont vous m'avez renvoyée, il
n'y a qu'un moment, me montre que je vous suis désagréable,
Madame, et je crois vous faire plaisir en vous demandant
mon congé.

5 ARAMINTE, *froidement.*   Je vous le donne.

MARTON.   Votre intention est-elle que je sorte dès
aujourd'hui, Madame ?

ARAMINTE.   Comme vous voudrez.

MARTON.   Cette aventure-ci est bien triste pour moi !

10 ARAMINTE.   Oh ! point d'explication, s'il vous plaît.

MARTON.   Je suis au désespoir.

ARAMINTE, *avec impatience.*   Est-ce que vous êtes fâchée de
vous en aller ? Eh bien, restez, Mademoiselle, restez ; j'y
consens ; mais finissons.

15 MARTON. Après les bienfaits dont vous m'avez comblée, que ferais-je auprès de vous à présent que je vous suis suspecte, et que j'ai perdu toute votre confiance ?

ARAMINTE. Mais que voulez-vous que je vous confie ? Inventerai-je des secrets pour vous les dire ?

20 MARTON. Il est pourtant vrai que vous me renvoyez, Madame, d'où vient ma disgrâce ?

ARAMINTE. Elle est dans votre imagination ; vous me demandez votre congé, je vous le donne.

MARTON. Ah ! Madame, pourquoi m'avez-vous exposée au 25 malheur de vous déplaire ? J'ai persécuté, par ignorance, l'homme du monde le plus aimable, qui vous aime plus qu'on n'a jamais aimé.

ARAMINTE, *à part.* Hélas !

MARTON. Et à qui je n'ai rien à reprocher ; car il vient de 30 me parler ; j'étais son ennemie, et je ne la suis plus. Il m'a tout dit. Il ne m'avait jamais vue ; c'est Monsieur Remy qui m'a trompée, et j'excuse Dorante.

ARAMINTE. À la bonne heure.

MARTON. Pourquoi avez-vous eu la cruauté de 35 m'abandonner au hasard d'aimer un homme qui n'est pas fait pour moi, qui est digne de vous, et que j'ai jeté dans une douleur dont je suis pénétrée ?

ARAMINTE, *d'un ton doux.* Tu l'aimais donc, Marton ?

MARTON. Laissons là mes sentiments. Rendez-moi votre 40 amitié comme je l'avais, et je serai contente.

ARAMINTE. Ah ! je te la rends tout entière.

MARTON, *lui baisant la main.* Me voilà consolée.

ARAMINTE. Non, Marton, tu ne l'es pas encore : tu pleures, et tu m'attendris.

45 MARTON. N'y prenez point garde ; rien ne m'est si cher que vous.

ARAMINTE. Va, je prétends bien te faire oublier tous tes chagrins. Je pense que voici Arlequin.

SCÈNE 11. ARAMINTE, MARTON, ARLEQUIN.

ARAMINTE.   Que veux-tu ?

ARLEQUIN, *pleurant et sanglotant*.   J'aurais bien de la peine à vous le dire ; car je suis dans une détresse qui me coupe entièrement la parole, à cause de la trahison que Mademoiselle
5 Marton m'a faite. Ah ! quelle ingrate perfidie !

MARTON.   Laisse là ta perfidie, et nous dis ce que tu veux.

ARLEQUIN.   Ah ! cette pauvre lettre : quelle excroquerie[1] !

ARAMINTE.   Dis donc.

ARLEQUIN.   Monsieur Dorante vous demande, à genoux,
10 qu'il vienne ici vous rendre compte des paperasses qu'il a eues dans les mains depuis qu'il est ici ; il m'attend à la porte où il pleure.

MARTON.   Dis-lui qu'il vienne.

ARLEQUIN.   Le voulez-vous, Madame ? Car je ne me fie pas
15 à elle. Quand on m'a une fois affronté[2], je n'en reviens point.

MARTON, *d'un air triste et attendri*.   Parlez-lui, Madame, je vous laisse.

ARLEQUIN, *quand Marton est partie*.   Vous ne me répondez point, Madame.

20 ARAMINTE.   Il peut venir.

---

1. *Excroquerie :* Arlequin déforme un mot un peu savant pour lui.
2. *Affronté :* ce verbe voulait dire à la fois « attaquer avec hardiesse » et « tromper sous prétexte de bonne foi » (*Dictionnaire de l'Académie,* 1740.)

Acte III Scènes 9 à 11

LA PRÉPARATION DU DÉNOUEMENT

1. Chacun à sa façon, Dubois (sc. 9), Marton (sc. 10) et enfin Arlequin (sc. 11) rapportent des faits qui vont peser lourd dans la scène 12. Quels sont-ils ?

2. Ce qui est aussi en jeu pour Araminte, ce sont ses relations avec Dubois et avec Marton. En quoi les scènes 9 et 10 jouent-elles dans son évolution psychologique un rôle décisif ?

3. Montrez que, dans chacune de ces trois scènes qui se complètent si bien, règne une atmosphère très particulière, avec une montée de tension extrêmement forte, puis une détente progressive.

L'EXPULSION DE DUBOIS (scène 9)

4. Relevez les expressions par lesquelles Dubois insiste sur le fait qu'Araminte est maintenant débarrassée de Dorante.

5. Montrez que toutes ses déclarations visent à ruiner la position qu'il prétend soutenir.

6. Quelles sont les réactions d'Araminte dans la première partie de la scène ?

7. Araminte va jusqu'à reprocher à Dubois « le plaisir » qu'il éprouve à « faire du mal ». Quels sont les griefs sur lesquels s'appuie cette accusation ? Rapprochez la scène 9 de l'acte III de la scène 12 de l'acte II.

LA RÉCONCILIATION AVEC MARTON

8. Quels sont les moments qui permettent de distinguer dans la scène 10 différents mouvements ?

9. L'explication entre les deux femmes (sc. 10) : Marton exprime des sentiments très complexes qui lui inspirent des expressions raffinées. Pour quelles raisons s'efface-t-elle devant Araminte ?

10. Relevez les phrases où les reproches de Marton à sa maîtresse révèlent la profondeur de son attachement pour elle (sc. 10). Montrez que la scène 11 confirme ce sentiment.

SCÈNE 12. DORANTE, ARAMINTE.

ARAMINTE. Approchez, Dorante.

DORANTE. Je n'ose presque paraître devant vous.

ARAMINTE, *à part.* Ah ! je n'ai guère plus d'assurance que lui. *(Haut.)* Pourquoi vouloir me rendre compte de mes
5 papiers ? Je m'en fie bien à vous ; ce n'est pas là-dessus que j'aurai à me plaindre.

DORANTE. Madame... j'ai autre chose à dire... je suis si interdit, si tremblant que je ne saurais parler.

ARAMINTE, *à part, avec émotion.* Ah ! que je crains la fin
10 de tout ceci !

DORANTE, *ému.* Un de vos fermiers est venu tantôt, Madame.

ARAMINTE, *émue.* Un de mes fermiers !... Cela se peut bien.

DORANTE. Oui, Madame... Il est venu.

15 ARAMINTE, *toujours émue.* Je n'en doute pas.

DORANTE, *ému.* Et j'ai de l'argent à vous remettre.

ARAMINTE. Ah ! de l'argent !... Nous verrons.

DORANTE. Quand il vous plaira, Madame, de le recevoir.

ARAMINTE. Oui... je le recevrai... vous me le donnerez. *(À*
20 *part.)* Je ne sais ce que je lui réponds.

DORANTE. Ne serait-il pas temps de vous l'apporter ce soir, ou demain, Madame ?

ARAMINTE. Demain, dites-vous ! Comment vous garder jusque-là, après ce qui est arrivé ?

25 DORANTE, *plaintivement.* De tout le reste de ma vie, que je vais passer loin de vous, je n'aurais plus que ce seul jour qui m'en serait précieux[1].

---

1. *Qui m'en serait précieux* : qui me serait précieux, précisément à cause de son caractère unique.

ARAMINTE.   Il n'y a pas moyen, Dorante ; il faut se quitter.
On sait que vous m'aimez, et on croirait que je n'en suis pas
30 fâchée.

DORANTE.   Hélas Madame ! Que je vais être à plaindre !

ARAMINTE.   Ah ! allez, Dorante, chacun a ses chagrins.

DORANTE.   J'ai tout perdu ! J'avais un portrait, et je ne l'ai
plus.

35 ARAMINTE.   À quoi vous sert de l'avoir ? Vous savez
peindre.

DORANTE.   Je ne pourrai de longtemps m'en dédommager ;
d'ailleurs, celui-ci m'aurait été bien cher ! Il a été entre vos
mains, Madame.

40 ARAMINTE.   Mais, vous n'êtes pas raisonnable.

DORANTE.   Ah ! Madame ! je vais être éloigné de vous ;
vous serez assez vengée ; n'ajoutez rien à ma douleur !

ARAMINTE.   Vous donner mon portrait ! Songez-vous que
ce serait avouer que je vous aime ?

45 DORANTE.   Que vous m'aimez, Madame ! Quelle idée ! qui
pourrait se l'imaginer ?

ARAMINTE, *d'un ton vif et naïf.*   Et voilà pourtant ce qui
m'arrive.

DORANTE, *se jetant à ses genoux.*   Je me meurs !

50 ARAMINTE.   Je ne sais plus où je suis. Modérez votre joie ;
levez-vous, Dorante.

DORANTE, *se lève, et tendrement.*   Je ne la mérite pas ; cette
joie me transporte ; je ne la mérite pas, Madame : vous allez
me l'ôter ; mais, n'importe, il faut que vous soyez instruite.

55 ARAMINTE, *étonnée.*   Comment ! que voulez-vous dire ?

DORANTE.   Dans tout ce qui s'est passé chez vous, il n'y
a rien de vrai que ma passion, qui est infinie, et que le
portrait que j'ai fait. Tous les incidents qui sont arrivés partent

de l'industrie[1] d'un domestique qui savait mon amour, qui
60 m'en plaint, qui par le charme de l'espérance du plaisir de
vous voir, m'a, pour ainsi dire, forcé de consentir à son
stratagème : il voulait me faire valoir auprès de vous. Voilà,
Madame, ce que mon respect, mon amour et mon caractère
ne me permettent pas de vous cacher. J'aime encore mieux
65 regretter votre tendresse que de la devoir à l'artifice qui me
l'a acquise ; j'aime mieux votre haine que le remords d'avoir
trompé ce que j'adore.

ARAMINTE, *le regardant quelque temps sans parler.* Si j'apprenais
cela d'un autre que de vous, je vous haïrais, sans doute ;
70 mais l'aveu que vous m'en faites vous-même, dans un moment
comme celui-ci, change tout. Ce trait de sincérité me charme,
me paraît incroyable, et vous êtes le plus honnête homme
du monde. Après tout, puisque vous m'aimez véritablement,
ce que vous avez fait pour gagner mon cœur n'est point
75 blâmable : il est permis à un amant de chercher les moyens
de plaire, et on doit lui pardonner, lorsqu'il a réussi.

DORANTE. Quoi ! La charmante Araminte daigne me
justifier !

ARAMINTE. Voici le Comte avec ma mère, ne dites mot,
80 et laissez-moi parler.

SCÈNE 13. DORANTE, ARAMINTE, LE COMTE, MADAME ARGANTE, DUBOIS, ARLEQUIN

MADAME ARGANTE, *voyant Dorante.* Quoi ! Le voilà encore !

ARAMINTE, *froidement.* Oui, ma mère. *(Au Comte.)* Monsieur
le Comte, il était question de mariage entre vous et moi, et

---

1. *L'industrie* : l'activité ingénieuse, la ruse.

Jules Laroche (1841-1925)
dans le rôle de Dorante
à la Comédie-Française.

il n'y faut plus penser. Vous méritez qu'on vous aime ; mon
5 cœur n'est point en état de vous rendre justice, et je ne suis
pas d'un rang qui vous convienne.

MADAME ARGANTE.   Quoi donc ! Que signifie ce discours ?

LE COMTE.   Je vous entends, Madame ; et sans l'avoir dit
à Madame *(montrant Madame Argante)* je songeais à me retirer.
10 J'ai deviné tout. Dorante n'est venu chez vous qu'à cause
qu'il vous aimait ; il vous a plu ; vous voulez lui faire sa
fortune : voilà tout ce que vous alliez dire.

ARAMINTE.   Je n'ai rien à ajouter.

MADAME ARGANTE, *outrée*.   La fortune à cet homme-là !

15 LE COMTE, *tristement*.   Il n'y a plus que notre discussion,
que nous réglerons à l'amiable ; j'ai dit que je ne plaiderais
point, et je tiendrai parole.

ARAMINTE.   Vous êtes bien généreux ; envoyez-moi
quelqu'un qui en décide, et ce sera assez.

20 MADAME ARGANTE.   Ah ! la belle chute[1] ! ah ! ce maudit
intendant ! Qu'il soit votre mari tant qu'il vous plaira ; mais
il ne sera jamais mon gendre.

ARAMINTE.   Laissons passer sa colère, et finissons.

(Ils sortent.)

DUBOIS.   Ouf ! ma gloire m'accable : je mériterais bien
25 d'appeler cette femme-là ma bru.

ARLEQUIN.   Pardi, nous nous soucions bien de ton tableau
à présent : l'original nous en fournira bien d'autres copies[2].

---

1. *La belle chute* : le beau dénouement ! (Vocabulaire théâtral.)
2. *Bien d'autres copies* : autre manière de dire, comme à la fin des
contes de fées, « Ils furent heureux et eurent beaucoup d'enfants ».

Acte III Scènes 12 et 13

L'AVEU D'ARAMINTE

1. Qu'y a-t-il tout à la fois de touchant et de comique dans le début de la scène 12 ?

2. Quelle progression peut-on remarquer entre les lignes 23 et 44 (sc. 12) ?

3. Dorante est proche du désespoir... À quoi se bornent ses demandes successives ?

4. Comment se fait l'aveu d'Araminte ? L'avait-elle prévu ?

LA CONFESSION DE DORANTE

5. En quoi la confession de Dorante détruit-elle les soupçons qu'on pouvait avoir sur lui ?

6. Dans la phrase même où il invoque comme excuse « l'industrie » de Dubois, il ne peut pas s'empêcher de rappeler aussi le mobile irrésistible qu'il a laissé paraître dans tout le cours de l'intrigue. Quel est ce mobile ?

7. Qu'est-ce qui montre la surprise, puis l'enthousiasme, et enfin l'esprit de décision d'Araminte ? Étudiez ses propos, à partir de la ligne 68 (sc. 12).

LE DÉNOUEMENT

8. Montrez que, tout en donnant au comte son congé, Araminte évite de le blesser et que celui-ci s'efforce d'être beau joueur (sc. 13).

9. À quel mot célèbre des *Fourberies de Scapin* de Molière (1671) les exclamations de Mme Argante pourraient-elles faire penser ? Qu'y a-t-il de comique dans sa phrase finale ?

10. L'épilogue (voir p. 202) : Dubois et Arlequin, demeurés seuls sur la scène, se livrent à de nouvelles variations sur la dernière réplique de Mme Argante, puis sur l'affaire du tableau (acte II, sc. 10). Comment se manifestent l'humour de Dubois et l'affection très familière qu'Arlequin éprouve pour Araminte ?

Ensemble de l'acte III

LA RIGUEUR DU DISPOSITIF

Bien que pendant la représentation l'attention du spectateur soit surtout captivée par l'intérêt de l'intrigue et l'intensité des relations entre les personnages, le dispositif conçu par le dramaturge est extrêmement rigoureux.

1. Dès les premières répliques, nous sommes à nouveau plongés dans une atmosphère de complot ; le dramaturge ne joue-t-il pas cartes sur table avec une certaine malice ? Justifiez votre réponse.

2. Les personnages arrivent au moment où leur entrée pourra être pleinement efficace. Montrez-le, à l'aide de deux ou trois exemples.

3. « Tous les incidents qui sont arrivés partent de l'industrie d'un domestique », dira Dorante au dénouement. On est ainsi amené à soupçonner que certaines entrées ont été provoquées par Dubois. Lesquelles ?

4. Tout l'acte est organisé symétriquement autour de la scène centrale (la scène 7), au milieu de laquelle Araminte rassure Dorante. Aux trois scènes de mise en place du dispositif conçu par Dubois correspondront celles où se prépare, puis s'accomplit le dénouement ; et ainsi de suite... Montrez comment, d'une certaine façon, la scène 6 et la scène 8, la scène 4 et la scène 10 se répondent.

ARAMINTE ET MARTON À CŒUR OUVERT

5. Pour qu'on puisse s'acheminer vers le dénouement, Araminte doit se débarrasser une fois pour toutes de la relation troublante qui l'unissait à Dubois. En quoi son attitude dans la scène 9 s'apparente-t-elle à celle d'une héroïne tragique ? Comparez cette scène 9 à la scène 4 de l'acte IV de *Phèdre* (1677) de Racine.

6. Tout en se trompant profondément sur le rôle qu'a joué Dubois, la jeune femme ne fait-elle pas preuve d'une sorte de terrible lucidité ?

7. La scène 10, qui lui permet de renouer avec Marton des

relations vraies, n'enlève pas à celle-ci sa tristesse, mais elle désamorce la cruauté de son aventure en la réconciliant avec elle-même. De quelle façon ?

DES TONS ET DES RYTHMES

8. Marivaux présente des personnages qui sont d'autant plus pittoresques qu'ils ne peuvent absolument pas changer et d'autres qui se découvrent, parfois tout à coup, à travers leurs relations avec autrui. Quels personnages peut-on ranger dans chacune de ces catégories ?

9. Tel moment peut être à la fois touchant et comique, mais l'atmosphère de certaines scènes peut aussi changer profondément, en très peu de temps. Montrez-le en analysant la scène 10 ou la scène 12.

10. Jacques Schérer (voir p. 200) a écrit : « Dans la scène de dénouement [Araminte] ne peut qu'éviter de parler, affirmer qu'il faut se quitter, ou épiloguer sur l'épisode du portrait, qui appartient au passé. L'expression du dénouement dans le dialogue ne peut donc être atteinte que par une brusque décision, par un saut dans l'inconnu, une rupture. [...] Marivaux justifie l'évolution psychologique de ses personnages avec autant de rigueur que Racine, mais il ne leur permet jamais un langage direct. [...] Le langage ne peut mener qu'au langage. Quand les sentiments qu'il exprime en les dissimulant sont devenus irrépressibles, l'aveu éclate. » Mais on participe alors à un mouvement d'accélération fulgurant. Étudiez à ce propos les effets de rythme qui comptent plus encore que le langage dans la scène 12.

Documentation thématique

Index des principaux thèmes de l'œuvre

Les veuves
dans la littérature classique

Les veuves étaient très nombreuses au XVIIe et au XVIIIe siècle, à cause de la fréquence des guerres et de l'âge souvent très disproportionné des époux (dans l'aristocratie on mariait facilement des filles de quatorze ou quinze ans avec des hommes déjà âgés, des barbons). Mais elles sont encore plus nombreuses dans la littérature classique : les écrivains avaient besoin de leur présence, car elles étaient les seules femmes qui disposaient, juridiquement et moralement, d'un minimum de liberté. En effet, à cette époque, les femmes passaient directement de la tutelle paternelle à celle de leur mari. C'est ainsi que tant de comtesses et de marquises apparaissent dans le théâtre de Marivaux, toutes des veuves de vingt ou de trente ans. Autant de figures variées : touchantes, comme Hortense, héroïne de l'amour, dans *le Prince travesti* (1724), acides, comme la marquise si médisante des *Sincères* (1739), ou désinvoltes, comme la comtesse de *l'Heureux Stratagème* (1733), une coquette rayonnante, solaire. Mais la condition et le destin des veuves a permis aussi aux écrivains d'exprimer beaucoup de leurs réactions, de leurs rêves et de leurs fantasmes vis-à-vis des femmes en général.

Femmes comme les autres ?

Veuves comiques

Molière et Marivaux se sont beaucoup moqués de la naïveté avec laquelle certaines veuves de province croyaient être « du bel air » en essayant d'imiter les modes de Versailles et de paraître éternellement jeunes. Dans son salon d'Angoulême, la comtesse d'Escarbagnas imaginée par Molière donne lieu à des scènes très comiques, avec ses soupirants et ses prétentions ridicules.

MONSIEUR BOBINET. Allons, Monsieur le comte, faites voir que vous savez profiter des bons documents qu'on vous donne. La révérence à toute l'honnête assemblée.

LA COMTESSE, *montrant Julie.* Comte, saluez Madame. Faites la révérence à Monsieur le vicomte, saluez Monsieur le conseiller.

MONSIEUR TIBAUDIER. Je suis ravi, Madame, que vous me concédiez la grâce d'embrasser Monsieur le comte votre fils. On ne peut pas aimer le tronc qu'on n'aime aussi les branches.

LA COMTESSE. Mon Dieu, Monsieur Tibaudier, de quelle comparaison vous servez-vous là !

JULIE. En vérité, Madame, Monsieur le comte a tout à fait bon air.

LE VICOMTE. Voilà un jeune gentilhomme qui vient bien dans le monde.

JULIE. Qui dirait que Madame eût un si grand enfant ?

LA COMTESSE. Hélas ! quand je le fis, j'étais si jeune que je me jouais encore avec une poupée.

JULIE. C'est Monsieur votre frère, et non pas Monsieur votre fils.

Molière, *la Comtesse d'Escarbagnas* (sc. 7), 1671.

Des mères et leur fille

Dans le domaine de la vie quotidienne, Marivaux a aussi mis l'accent sur un phénomène de transfert intéressant lorsqu'il a dépeint ses Mme Argante : autant, ou presque, de mères abusives qui croient bien faire en maintenant leur fille sous la pire tyrannie, telle celle de *l'École des mères* (1732) qui, après avoir donné un ordre absolu à sa fille Angélique, ajoute : « Je vous le permets, entendez-vous ? »

Mais, avec son intuition des choses du cœur, c'est Marivaux encore qui, dans *la Mère confidente* (1735), a posé un problème toujours actuel : une mère peut-elle être vraiment la confidente, l'amie de sa fille ?

Un beau roman, longtemps méconnu, tout en petites notations et en demi-teinte, permet d'entrer plus profondément encore dans ce genre d'aventure : *Cécile,* premier volet du diptyque que forment les *Lettres écrites de Lausanne* d'Isabelle de Charrière (1788). Il s'agit d'une veuve de trente-cinq ou trente-six ans qui vit tendrement, intimement, « dans la nostalgie d'une unité prénatale » (B. Didier), avec sa fille, qui en a seize. À un moment la narratrice va jusqu'à s'écrier fièrement : « À la bonne heure, je suis une femme et j'ai une fille. » Mais elle assiste peu à peu à l'éveil de l'amour de Cécile pour un jeune lord anglais et s'aperçoit, avec une angoisse grandissante, que jamais le jeune homme ne répondra vraiment à cet amour. Ainsi, toujours par petites touches, ce roman tend à devenir un roman tragique.

Veuves fidèles

Une retraite énigmatique

Grâce à la littérature, les circonstances les plus courantes de la vie peuvent prendre des résonances mystérieuses. Au XVIIe et encore au XVIIIe siècle, les veuves se retiraient assez souvent de la vie mondaine à la mort de leur mari. C'est ce qui se passe dans *la Princesse de Clèves,* de Mme de La Fayette, au dénouement d'une histoire d'amour et de mort d'une extrême intensité. Mme de Clèves est parfaitement fidèle à son mari, mais elle est si loyale qu'elle a le courage de lui avouer qu'elle aime M. de Nemours. Cet aveu, si contraire à toutes les « bienséances » dans le milieu où se déroule l'action du roman, finit par entraîner la mort de M. de Clèves. Alors qu'aucun obstacle ne semble plus l'empêcher d'épouser M. de Nemours, Mme de Clèves refuse ses avances, elle voyage et tombe gravement malade. M. de Nemours décide d'aller la voir dans la maison religieuse où elle s'est retirée...

Elle lui fit dire, par une personne de mérite qu'elle aimait et qu'elle avait alors auprès d'elle, qu'elle le priait de ne pas trouver étrange si elle ne s'exposait point au péril de le voir, et de détruire, par sa présence, des sentiments qu'elle devait conserver ; qu'elle voulait bien qu'il sût, qu'ayant trouvé que son devoir et son repos s'opposaient au penchant qu'elle avait d'être à lui, les autres choses du monde lui avaient paru si indifférentes qu'elle y avait renoncé pour jamais. [...]

M. de Nemours pensa expirer de douleur en présence de celle qui lui parlait. [...] Il fallut enfin que ce prince repartît, aussi accablé de douleur que le pouvait être un homme qui perdait toutes sortes d'espérances de revoir jamais une personne qu'il aimait d'une passion la plus violente, la plus naturelle et la mieux fondée qui ait jamais été. Néanmoins il ne se rebuta point encore, et il fit tout ce qu'il put imaginer de capable de la faire changer de dessein. Enfin, des années entières s'étant passées, le temps et l'absence ralentirent sa douleur et éteignirent sa passion. Mme de Clèves vécut d'une sorte qui ne laissa pas d'apparence qu'elle pût jamais revenir. Elle passait une partie de l'année dans cette maison religieuse et l'autre chez elle, mais dans une retraite et dans des occupations plus saintes que celles des couvents les plus austères ; et sa vie, qui fut assez courte, laissa des exemples de vertu inimitables.

Mme de La Fayette, la Princesse de Clèves (1678).

Les raisons que se donne Mme de Clèves sont extrêmement complexes et peut-être même contradictoires. On ne saura jamais tout à fait pourquoi elle agit de la sorte. Mais sa fierté et sans doute la qualité de sa passion s'expriment avec force dans ce comportement énigmatique.

Une pure figure

La plus admirable figure de jeune veuve est sans doute Andromaque, rôle-titre de la tragédie de Racine. Elle a perdu son mari, Hector, le plus valeureux défenseur de son pays, lors de la guerre de Troie. On la retrouve en Épire (au nord-ouest de la Grèce), exilée, prisonnière du roi Pyrrhus qui s'est épris d'elle passionnément. Mais elle ne vit que par le culte qu'elle voue au souvenir d'Hector et par son amour pour leur enfant, que les Grecs veulent lui arracher. Qu'elle réponde à Pyrrhus ou supplie la jalouse princesse Hermione qui pourrait sauver son fils, quelques mots tout simples lui suffisent pour dire cette double fidélité.

PYRRHUS
Me cherchiez-vous, Madame ?
Un espoir si charmant me serait-il permis ?

ANDROMAQUE
Je passais jusqu'aux lieux où l'on garde mon fils.
Puisqu'une fois le jour vous souffrez que je voie
Le seul bien qui me reste et d'Hector et de Troie,
J'allais, Seigneur, pleurer un moment avec lui :
Je ne l'ai point encore embrassé d'aujourd'hui.

Racine, *Andromaque* (v. 258 à 264), 1667.

ANDROMAQUE
Où fuyez-vous, Madame ?
N'est-ce point à vos yeux un spectacle assez doux
Que la veuve d'Hector pleurante à vos genoux ?
Je ne viens point ici, par de jalouses larmes,
Vous envier un cœur qui se rend à vos charmes.
Par une main cruelle, hélas, j'ai vu percer
Le seul où mes regards prétendaient s'adresser.
Ma flamme par Hector fut jadis allumée ;
Avec lui dans la tombe elle s'est enfermée.
Mais il me reste un fils. Vous saurez quelque jour,
Madame, pour un fils jusqu'où va notre amour.

Andromaque (v. 858 à 868).

Veuves vite consolées

À un pôle opposé se situent des textes ironiques sur les veuves « inconsolables » très vite consolées. Dans un chapitre de. ses *Essais*, « De trois bonnes femmes », Montaigne (1533-1592) avait dit de façon très imagée et très mordante tout ce que peut inspirer une réflexion sans préjugés sur les « devoirs de mariage ».

La touche d'un bon mariage, et sa vraie preuve, regarde le temps que la société dure, si elle a été constamment douce, loyale et commode. En notre siècle, elles [les femmes] réservent plus communément à étaler leurs bons offices et la véhémence de leur affection envers leurs maris perdus : la vie est pleine de combustion, le trépas d'amour et de courtoisie. [...] Nous dispenserons volontiers qu'on rie après, pourvu qu'on nous rie pendant la vie. S'il y a quelque honneur à pleurer les maris, il n'appartient qu'à celles qui leur ont ri : celles qui ont pleuré en la vie, qu'elles rient en la mort, au dehors comme au dedans. Aussi ne regardez pas à ces yeux moites et à cette piteuse voix ; regardez ce port, ce teint et l'embonpoint de ces joues sous ces grands voiles : c'est par là qu'elle parle français. Il en est peu de qui la santé n'aille en amendant, qualité qui ne sait pas mentir.

Montaigne, Essais (II, 35), 1580-1595.

Dans la fable qui clôt son premier recueil, La Fontaine a conté avec un humour assez tendre la destinée de « la Jeune Veuve » :

La perte d'un époux ne va point sans soupirs,
On fait beaucoup de bruit ; et puis on se console :
Sur les ailes du Temps la tristesse s'envole,
    Le temps ramène les plaisirs.
      Entre la veuve d'une année
      Et la veuve d'une journée
La différence est grande ; on ne croirait jamais
    Que ce fût la même personne :
L'une fait fuir les gens et l'autre a mille attraits. [...]
      L'époux d'une jeune beauté
Partait pour l'autre monde. À ses côtés, sa femme
Lui criait : Attends-moi, je te suis ; et mon âme,
Aussi bien que la tienne, est prête à s'envoler.

165

> Le mari fait seul le voyage.
> La belle avait un père, homme prudent et sage ;
> Il laissa le torrent couler.
> À la fin, pour la consoler :
> Ma fille, lui dit-il, c'est trop verser de larmes :
> Qu'a besoin le défunt que vous noyiez vos charmes ?
> Puisqu'il est des vivants, ne songez plus aux morts.
> Je ne dis pas que tout à l'heure
> Une condition meilleure
> Change en des noces ces transports ;
> Mais, après certain temps, souffrez qu'on vous propose
> Un époux beau, bien fait, jeune et tout autre chose
> Que le défunt. Ah ! dit-elle aussitôt,
> Un cloître est l'époux qu'il me faut.
> Le père lui laissa digérer sa disgrâce.
> Un mois de la sorte se passe ;
> L'autre mois, on l'emploie à changer tous les jours
> Quelque chose à l'habit, au linge, à la coiffure :
> Le deuil enfin sert de parure,
> En attendant d'autres atours ;
> Toute la bande des amours
> Revient au colombier ; les jeux, les ris, la danse,
> Ont aussi leur tour à la fin :
> On se plonge soir et matin
> Dans la fontaine de Jouvence.
> Le père ne craint plus ce défunt tant chéri ;
> Mais comme il ne parlait de rien à notre belle :
> Où donc est le jeune mari
> Que vous m'avez promis ? dit-elle.

Jean de La Fontaine, *Fables,* « la Jeune Veuve » (VI, xxi), 1668.

Dans *la Seconde Surprise de l'amour* (1727), Marivaux a porté sur la scène de la Comédie-Française le thème antique de la « matrone d'Éphèse », illustré par l'écrivain latin du Ier siècle apr. J.-C., Pétrone, dans une sorte de roman, *le Satiricon.* Au XVIIIe siècle, une petite pièce comme *la Matrone de Charenton* (Lesage et d'Orneval) avait déjà rendu ce thème populaire sur le théâtre de la Foire, dont la troupe proposait toutes sortes de spectacles parlés et chantés et se produisait deux fois par an pour la foire Saint-Germain et la foire Saint-Laurent. Dans la pièce de Marivaux, une jeune marquise, veuve depuis peu, qui aime à entretenir sa douleur et voudrait s'y enfermer pour toujours, trouve des sentiments pareils aux siens chez un chevalier très sentimental. Bientôt, dans un épisode très amusant, ils se diront leur amitié avec des mots et des gestes éperdus qui ressemblent à s'y tromper à ceux de l'amour. Naturellement, ils finiront par s'épouser... Par un effet de mise en abyme (voir p. 203) assez saisissant, la scène d'ouverture, où l'on voit une femme de chambre très malicieuse décider sa maîtresse à se regarder dans son miroir, donne une idée concrète de ce que sera toute la pièce.

La Marquise. Il n'y a plus de consolation pour moi, il n'y en a plus ; après deux ans de l'amour le plus tendre, épouser ce que l'on aime, ce qu'il y avait de plus aimable au monde, l'épouser, et le perdre un mois après !

Lisette. Un mois ! c'est toujours autant de pris. Je connais une dame qui n'a gardé son mari que deux jours ; c'est cela qui est piquant.

La Marquise. J'ai tout perdu, vous dis-je.

Lisette. Tout perdu ! Vous me faites trembler : est-ce que tous les hommes sont morts ?

La Marquise. Eh ! que m'importe qu'il reste des hommes ?

Lisette. Ah ! Madame, que dites-vous là ? Que le ciel les conserve ! ne méprisons jamais nos ressources.

La Marquise. Mes ressources ! À moi, qui ne veux plus m'occuper que de ma douleur ! moi, qui ne vis presque plus que par un effort de raison !

Lisette. Comment donc par un effort de raison ? Voilà une pensée qui n'est pas de ce monde ; mais vous êtes bien fraîche pour une personne qui se fatigue tant.

La Marquise. Je vous prie, Lisette, point de plaisanterie ; vous me divertissez quelquefois, mais je ne suis pas à présent en situation de vous écouter.

Lisette. Ah çà, Madame, sérieusement, je vous trouve le meilleur visage du monde ; voyez ce que c'est : quand vous aimiez la vie, peut-être que vous n'étiez pas si belle ; la peine de vivre vous donne un air plus vif et plus mutin dans les yeux, et je vous conseille de batailler toujours contre la vie ; cela vous réussit on ne peut pas mieux.

LA MARQUISE   Que vous êtes folle ! je n'ai pas fermé l'œil de la nuit.

LISETTE   N'auriez-vous pas dormi en rêvant que vous ne dormiez point ? car vous avez le teint bien reposé.

Marivaux, *la Seconde Surprise de l'amour* (acte I, sc. 1), 1727.

Un certain droit à vivre

Corneille et Molière ont plaidé, chacun à sa façon, pour le droit à vivre des jeunes veuves. Dans la pièce de Corneille intitulée *la Veuve* (1633), la jolie Clarice encourage vivement son amoureux, Philiste, qui n'ose pas trop se déclarer parce qu'il est beaucoup moins riche qu'elle. La nourrice de la jeune femme a fait semblant de « contredire sa flamme » pour « faire éclater, mais avec violence / Un amour étouffé sous un honteux silence ». Sans le moindre complexe de culpabilité, avec une belle impétuosité, Clarice lui fait une scène où elle dit tout ce qu'elle a sur le cœur.

CLARICE

Tu me veux détourner d'une seconde flamme
Dont je ne pense pas qu'autre que toi me blâme.
Être veuve à mon âge, et toujours déplorer
La perte d'un mari que je puis réparer !
Refuser d'un amant ce doux nom de maîtresse !
N'avoir que des mépris pour les vœux qu'il m'adresse !
Le voir toujours languir dessous ma dure loi !
Cette vertu, nourrice, est trop haute pour moi.

Corneille, *la Veuve* (v. 463 à 470), 1633.

Composé une trentaine d'années plus tard, *le Misanthrope* de Molière (1666) reflète des mœurs très différentes, et la position du dramaturge envers son héroïne, Célimène, est

168

beaucoup plus ambiguë et subtile. Célimène aime à briller dans les salons et à s'entourer de soupirants. Pour elle comme pour le fougueux Alceste, le moment où celui-ci lui propose de le suivre loin de Paris, dans un « désert » (c'est-à-dire dans une terre de province), est un grand moment de vérité : « La solitude effraie une âme de vingt ans »...

La passion de l'indépendance

Dans la dernière des sept histoires qui composent ses *Illustres Françaises* (1713), le romancier Robert Challes présentait une veuve tout à fait scandaleuse dans la littérature et la société de l'époque : une maîtresse femme. Dupuis, le jeune libertin qu'elle a conquis et dont elle a même plusieurs enfants, ne peut absolument pas la décider à se remarier. Elle tient la « résolution fixe » qu'elle a prise « de rester toujours maîtresse d'elle-même ».

Mais, sur la condition des femmes à l'époque classique, il n'y a probablement pas de texte plus éloquent que le passage de *la Nouvelle Héloïse,* de Jean-Jacques Rousseau, où Claire, jeune veuve vive et enjouée, cousine et amie de l'héroïne, parle de ses dispositions vis-à-vis du mariage. Ses confidences pourraient aujourd'hui nous paraître étranges ou même passablement cyniques.

S'il eût dépendu de moi, je ne me serais point mariée. Mais dans notre sexe, on n'achète la liberté que par l'esclavage, et il faut commencer par être servante pour devenir sa maîtresse un jour. Quoique mon père ne me gênât pas, j'avais des chagrins dans ma famille. Pour m'en délivrer, j'épousai donc M. d'Orbe. Il était si honnête homme et m'aimait si tendrement que je l'aimai sincèrement à mon tour. [...] M. d'Orbe me rendit heureuse et ne s'en repentit pas. Avec un autre j'aurais toujours rempli mes devoirs, mais je l'aurais désolé, et je sens qu'il fallait un aussi bon mari pour faire de moi une bonne femme. Imaginerais-tu que c'est de cela même que j'avais à

169

me plaindre ? Mon enfant, nous nous aimions trop, nous n'étions point gais. [...] Pense, toi qui me connais, ce que peut être à mes yeux un lien dans lequel je n'ai pas ri durant sept ans sept petites fois à mon aise ! Je ne veux pas faire comme toi la matrone à vingt-huit ans. Je me trouve une petite veuve assez piquante, assez mariable encore, et je crois que si j'étais homme, je m'accommoderais assez de moi. Mais me remarier, cousine !

J.-J. Rousseau, la Nouvelle Héloïse (IV, 2), 1761.

De l'hypocrisie...

Les romanciers du XVIIIᵉ siècle ont fait vivre des figures de veuves émancipées beaucoup plus troubles ou plus prestigieuses. Avec Marivaux (Mme de Ferval, dans *le Paysan parvenu*) et Claude Crébillon (Mme de Lursay, dans *les Égarements du cœur et de l'esprit,* 1736-1737) commence toute une galerie de veuves de quarante ou de cinquante ans qui cachent leur avidité sensuelle sous les apparences de la sagesse ou de la dévotion. Jacob et Meilcour, les jeunes héros de ces deux romans, ne peuvent pas s'empêcher de subir leur emprise. Celui de Crébillon ressent une espèce de rage et de secrète horreur et celui de Marivaux, une fascination quasi proustienne (voir p. 203) pour le rang de Mme de Ferval : « J'aimais donc par respect et par étonnement pour mon aventure, par ivresse de vanité, par tout ce qu'il vous plaira, par le cas infini que je faisais des appas de cette dame [...] ; c'était une déesse, et les déesses n'ont point d'âge. » Jacob en fait ensuite un long portrait, subtil et mitigé, en évoquant son histoire, ses mœurs, mais aussi ses mains, ses bras, sa gorge, son visage, ses yeux.

C'étaient de grands yeux noirs qu'on rendait sages et sérieux, malgré qu'ils en eussent, car foncièrement ils étaient vifs, tendres et amoureux. Je ne les définirai pas en entier : il y aurait tant à parler de ces yeux-là, l'art y mettait tant de chose, la nature y en mettait tant d'autres, que ce ne serait jamais fait si on en voulait tout dire, et peut-être qu'on n'en viendrait pas à bout. Est-ce qu'on peut dire tout ce qu'on sent ?

Marivaux, *le Paysan parvenu*, 1734-1735.

... au satanisme

Dans les tragédies du XVIIe siècle, il n'y a peut-être pas de personnages plus fascinants que ces reines veuves dont l'énergie vitale s'est transformée tout entière en volonté de puissance, comme Cléopâtre, reine de Syrie, qui, dans *Rodogune* de Corneille (1644) organise, pour garder son pouvoir, un concours d'assassinat entre ses fils ; ou, dans *Britannicus* de Racine (1669), Agrippine, qui devient une figure beaucoup plus tragique quand elle s'aperçoit que son fils, Néron, la dépasse en monstruosité et prévoit que « [ses] coups iront jusqu'à [sa] mère ».

Pourront apparaître ensuite des figures plus flamboyantes et plus dangereuses, comme les marquises « sataniques » que sont Mme de La Pommeraye, dans *Jacques le Fataliste*, de Diderot (publié, largement tronqué, en 1780), et Mme de Merteuil, dans *les Liaisons dangereuses*, de Laclos (1782).

Comme elle sent son amant, le marquis des Arcis, se détacher d'elle peu à peu, Mme de La Pommeraye invente et exécute point par point, pour se venger, un complot machiavélique : elle arrive à lui inspirer une passion de plus en plus violente pour une prostituée et, finalement, à la lui faire épouser. L'issue de l'histoire ne sera pas du tout celle qu'elle avait prévue... Comme on le dit dans le texte, la vengeance de Mme de La Pommeraye est atroce, « cette femme a le diable au corps ». Et pourtant l'aubergiste si diserte et bien-disante qui raconte cette histoire, puis le narrateur du roman lui-même prennent sa défense en invoquant sa situation au début de sa liaison avec des Arcis.

Elle jouissait de la plus haute considération dans le monde, par la pureté de ses mœurs : et elle s'était rabaissée sur la ligne commune. On dit d'elle, lorsqu'elle eut agréé l'hommage du marquis des Arcis : enfin cette merveilleuse Mme de La Pommeraye est donc faite comme une d'entre nous... Elle avait remarqué autour d'elle les sourires ironiques ; elle avait entendu les plaisanteries, et souvent elle avait rougi et baissé les yeux ; elle avait avalé tout le calice de l'amertume préparé aux femmes dont la conduite réglée a fait trop longtemps la satire des mauvaises mœurs de celles qui les entourent [...]. Un homme en poignarde un autre pour un geste, pour un démenti ; et il ne sera pas permis à une honnête femme perdue, déshonorée, trahie, de jeter le traître entre les bras d'une courtisane ?

Diderot, *Jacques le Fataliste*,
publié pour la première fois en 1780.

Avec son partenaire de prédilection, qui est à la fois son complice et son rival, Valmont, Mme de Merteuil forme, comme disait Giraudoux, « un couple chassant ». Mais elle le dépasse encore dans le mal. Tout en se livrant systématiquement à la chasse au plaisir et au libertinage le plus malfaisant, elle éprouve une jouissance extraordinaire à passer pour un modèle de vertu et presque de sainteté auprès de la société aristocratique et profondément hypocrite. Un des sommets du roman est la grande lettre autobiographique qu'elle adresse à Valmont.

Après une adolescence passée à observer les autres et à s'étudier elle-même, elle fait, très jeune, l'expérience du mariage. Rapidement, son mari tombe malade.

Il mourut, comme vous savez, peu de temps après ; et quoiqu'à tout prendre, je n'eusse pas à me plaindre de lui, je n'en sentis pas moins vivement le prix de la liberté qu'allait me donner mon veuvage, et je me promis bien d'en profiter.

Ma mère comptait que j'entrerais au couvent, ou reviendrais vivre avec elle. Je refusai l'un et l'autre parti ; et tout ce que j'accordai à la décence, fut de retourner dans cette même campagne, où il me restait bien encore quelques observations à faire.

Je les fortifiai par le secours de la lecture ; mais ne croyez pas qu'elle fût toute du genre que vous la supposez. J'étudiai nos mœurs dans les romans ; nos opinions dans les philosophes ; je cherchai même dans les moralistes les plus sévères ce qu'ils exigeaient de nous, et je m'assurai ainsi de ce qu'on pouvait faire, de ce qu'on devait penser, et de ce qu'il fallait paraître. Une fois fixée sur ces trois objets, le dernier seul présentait quelques difficultés dans son exécution ; j'espérai les vaincre, et j'en méditai les moyens.

Je commençais à m'ennuyer de mes plaisirs rustiques, trop peu variés pour ma tête active ; je sentais un besoin de coquetterie qui me raccommoda avec l'amour ; non pour le ressentir à la vérité, mais pour l'inspirer et le feindre. En vain m'avait-on dit, et avais-je lu qu'on ne pouvait feindre ce sentiment ; je voyais pourtant que, pour y parvenir, il suffisait de joindre à l'esprit d'un auteur, le talent d'un comédien. Je m'exerçai dans les deux genres, et peut-être avec quelque succès ; mais au lieu de rechercher les vains applaudissements du théâtre, je résolus d'employer à mon bonheur ce que tant d'autres sacrifiaient à la vanité. [...]

Alors je commençai à déployer sur le grand théâtre les talents que je m'étais donnés.

Choderlos de Laclos, *les Liaisons dangereuses*
(lettre LXXXI), 1782.

Cette femme, qui écrit : « je puis dire que je suis mon ouvrage », a acquis un véritable pouvoir dont elle use avec machiavélisme.

Si cependant vous m'avez vue, disposant des événements et des opinions, faire de ces hommes si redoutables le jouet de mes caprices ou de mes fantaisies ; ôter aux uns la volonté, aux autres la puissance de me nuire ; si j'ai su tour à tour, et suivant mes goûts mobiles, attacher à ma suite ou rejeter loin de moi :

« Ces tyrans détrônés devenus mes esclaves » ;

si, au milieu de ces révolutions fréquentes, ma réputation s'est pourtant conservée pure, n'avez-vous pas dû en conclure que, née pour venger mon sexe et maîtriser le vôtre, j'avais su me créer des moyens inconnus jusqu'à moi ?

Les Liaisons dangereuses (lettre LXXXI).

Lorsque enfin percée à jour elle sera vouée aux huées du « public » qui est finalement le personnage le plus malfaisant du roman, et forcée de fuir, ruinée et défigurée, sa chute sera beaucoup plus effrayante que la fin de Valmont.

Ainsi certains des plus grands romans du XVIIIe siècle semblent bien illustrer le mot de La Bruyère : « Les femmes sont extrêmes : elles sont meilleures ou pires que les hommes. » Mais à aucun moment ils ne laissent oublier quelle était leur inégalité vis-à-vis des hommes dans la société du temps. La condition de veuve n'était vraiment pas une garantie d'impunité...

Annexes

Les sources
et l'état du texte
des *Fausses Confidences*

Les sources

Depuis un rapprochement fait par Théophile Gautier (1811-1872), on rattache traditionnellement *les Fausses Confidences* à l'une des plus célèbres comédies de Lope de Vega (1562-1635), *le Chien du jardinier (El perro del hortelano)* : une jeune veuve, la comtesse Diane de Belfior, s'éprend de Théodore, son secrétaire ; mais elle se refuse à admettre qu'elle puisse aimer un homme d'une condition sociale inférieure... Le dramaturge italien Cicognini en avait tiré *la Femme aux quatre maris (La Moglie dei quattro mariti),* que le chef de troupe des comédiens-italiens, Luigi Riccoboni, avait lui-même adaptée sous le titre de *la Dame amoureuse par envie.* Cette pièce fut jouée, en italien, de l'été de 1716 au début de l'automne de 1721. Lélio, secrétaire de la comtesse Flaminia, est très attiré par sa soubrette, Silvia. Mais la comtesse s'éprend de lui et s'ingénie à se faire aimer. Quand il commence à répondre à ses avances, elle le repousse et décide de le chasser... L'amour-propre de Flaminia sera sauf et tout s'arrangera, lorsqu'on aura appris que Lélio était de noble naissance. En réalité, cette série de pièces a surtout servi à Marivaux de repoussoir : dans *la Dame amoureuse par envie,* Lélio n'est qu'un assez grossier arriviste, et la comtesse Flaminia une dame jalouse et capricieuse. Araminte ne lui ressemble vraiment pas.

En concevant la scène d'exposition de sa comédie, ne serait-ce que pour surprendre ensuite son public par une pièce d'amour, Marivaux a aussi certainement pensé au moins autant aux chevaliers d'industrie et aux intrigues de Dancourt, telle celle du *Chevalier à la mode* (1687), où il s'agissait d'« épouser » les 40 000 livres de rente d'une très riche veuve. Mais M. Deloffre a signalé que Marivaux s'est rappelé aussi l'« histoire de Dupuis et de Mme de Londé », la dernière des sept histoires dont se composent *les Illustres Françaises,* de Robert Challes (voir p. 169). Pour séduire une belle veuve, le libertin Dupuis recourt aux services de son valet, Poitiers, homme « hardi et capable de toutes sortes d'intrigues ». Poitiers fait de son maître, auprès de la veuve, qui en rit, un panégyrique cousu de fil blanc : « Si mon maître [...] n'était pas l'homme de France le mieux fait, le plus galant, et le plus honnête homme, je ne resterais pas un quart d'heure chez lui. Oui, Madame, il en vaut la peine, et vous serez peut-être fâchée de ne pas l'avoir connu plus tôt. »

Enfin, comme l'a remarqué Mme Desvignes, Marivaux semble bien s'être amusé à utiliser certains éléments d'une histoire de séduction et de supercherie qui n'avait été jouée et publiée qu'en anglais, *The Beaux' Stratagem,* de George Farquhar (1707). Archer, qui sert de valet à son ami Aimwell, finit par obtenir pour lui la main de Dorinda. Comme Dorante au dénouement des *Fausses Confidences,* Aimwell, qui s'était fait passer pour un riche héritier, déclare alors : « Je ne suis que mensonge [...] ; je ne suis qu'imposture, mis à part ma passion. » La réaction ravie de Dorinda ressemble beaucoup à ce que sera celle d'Araminte. Et, comme Archer doit remplacer le père de la mariée pour la conduire à l'autel, il s'écrie : « Oui, oui, Madame, je vais être votre père. » Marivaux semble avoir tiré parti de ce mot avec beaucoup d'humour, lorsqu'il a fait dire à Dubois dans les derniers mots de sa pièce : « Ouf ! ma gloire m'accable : je mériterais bien d'appeler cette femme-là ma bru. »

177

L'état du texte

Marivaux remaniait parfois ses pièces après avoir assisté à leur représentation, mais jamais après les avoir publiées. La seule édition tout à fait fidèle des *Fausses Confidences* est donc la première (1738), car ensuite, au fil des ans, éditeurs et typographes ont souvent remanié les textes.

Ainsi, dans toutes les éditions, à partir de 1758, au lieu de commettre des « incorrections » amusantes, Arlequin a toujours un langage châtié : dans la scène d'ouverture (l. 6), il dit « nous discourrons », au lieu de « nous discourerons ». Dans la scène 11 de l'acte III (l. 7), il prononce correctement, « Quelle escroquerie ! », au lieu de « Quelle excroquerie ! ».

De la même façon, la ponctuation est souvent modifiée : les personnages ont une diction moins vive et les mots irréfléchis qui leur viennent à la bouche dans le feu de l'action, au détriment parfois des prescriptions grammaticales ou d'une certaine logique, sont soigneusement revus et corrigés. Ainsi, acte III, scène 12 (l. 25), « De tout le reste de ma vie » devient « De tout le temps de ma vie ». Une comparaison minutieuse de l'édition originale avec celles qui ont suivi montrerait avec quelle passion et quelle hardiesse Marivaux s'attache à préserver la spontanéité des réactions et des propos de ses héros.

Un exemple amusant illustre les erreurs qui se sont perpétuées dans la plupart des éditions. Acte III, scène 5 (l. 36), l'édition de 1758 comportait une faute de typographie : Mme Argante disait à M. Remy « Vous avez le ton bien roque » (pour « rogue ») ; au temps de la Restauration, l'éditeur Duviquet a écrit « rauque », et pendant plus d'un siècle les comédiens-français ont suivi cette interprétation. On supprimait également la dernière réplique de la pièce, parce qu'on la jugeait trop crue.

L'amour
dans tous ses états

En parlant, les personnages des *Fausses Confidences* déclinent leur classe sociale et leur tempérament. Ainsi M. Remy, le comte, Mme Argante et Dubois ont chacun son langage, dont il ne serait pas très difficile de faire ressortir les particularités. Mais, ce qui est un trait plus original, Marivaux s'arrange aussi pour que, dans un superbe jeu de mots et d'images, s'expriment et s'opposent des points de vue très différents sur l'amour. En schématisant, on pourrait dégager, comme autant de systèmes, les conceptions ou pratiques suivantes, où se condensent des virtualités diffuses dans la littérature du temps.

L'idéal de l'amant
serviteur de sa dame

Il s'agit en principe d'un amour si fort et si désintéressé qu'il n'est que dévouement, dévotion et service. L'amant « fidèle » ressemble à s'y tromper au domestique « exact » (II, 1) : comme lui, il se caractérise par son « zèle » et son « attachement » (I, 12 ; II, 13) ; il doit à l'« objet » aimé « un secret inviolable » (II, 15).

Dorante entre sans le moindre effort dans ce rôle et plaît par là à Araminte. Cet effacement a, bien entendu, quelque chose de paradoxal. Ce que Dubois fait ressortir avec beaucoup d'humour, lorsqu'il déclare à la jeune femme que Dorante lui voue « un respect, une adoration, une humilité » inimaginables (I, 14).

La fascination de la passion malheureuse

C'est celle qui s'exprime dans la lettre de Dorante (III, 8), lettre trompeuse, mais écrite selon son tempérament. Son auteur est voué au malheur, il est né sous une mauvaise étoile, comme tant de héros de romans de la fin du XVIIe siècle, et la passion sans espoir qu'il a « prise » pour Araminte en est un signe éclatant. Trois mots suffisent à dire ce qu'il a sur le cœur. Mme Argante les relève avec rage, parce qu'ils devraient être réservés aux aristocrates : « passion », « adorer » et « mépris ». Son seul bien, c'était « le plaisir de voir tous les jours celle qu'[il] adore » ; son malheur définitif sera d'être méprisé par sa bien-aimée... Du moins, sa résolution est prise : comme Saint-Preux le fera dans la Nouvelle Héloïse en suivant l'amiral Anson dans son expédition autour du monde, il va s'embarquer...

Les manifestations opposées de l'amour fou

Cette forme d'amour apparaît dans les deux scènes (I, 14 et II, 12) où la déclaration de Dorante se fait par personne interposée. D'après Dubois, Dorante apparaît comme un émouvant taciturne (le mot était à la mode depuis quelques années) ; c'est un grand silencieux, un jeune homme doué de profondeurs ténébreuses... Sans nourrir le moindre espoir, il suit Araminte partout et se glace sur place, s'« extasie » à la contempler ; on le sent près de tomber dans une « mélancolie » psychotique. À certains moments extrêmes, son amour se traduit au contraire par des éclats de violence, colère, « égarement », « emportement » de forcené : « Il voulut me battre » (acte I, sc. 14, l. 113). Mais il demeure attendrissant parce qu'il est totalement désarmé, et Dubois dose les effets en nous en donnant des images pathétiques : Dorante « gémit », il « pleure », il se trouve dans « le plus triste état du monde » (II, 12). Un peu plus tard (III, 9), il est « si défait, si pâle et si triste » que son ancien valet a peur de le voir s'évanouir.

Ces manifestations cyclothymiques s'opposent évidemment à « l'amour-jeu », caprice pur, fantaisie épidermique, tel qu'on pouvait le pratiquer suivant un certain libertinage de salon, comme à « l'amour-goût », purement sensuel, tel qu'il sera décrit un peu plus tard, dans les romans de Claude Crébillon. Par l'intermédiaire de Dubois, Marivaux utilise, en les raillant tant soit peu, de nouveaux traits de sensibilité. Ce sont ceux qui commençaient à s'exprimer, si ostensiblement, dans la « comédie larmoyante », mais aussi ceux qui caractériseront, en sourdine, quelques mois plus tard, *les Égarements du cœur et de l'esprit* (car leur héros, Meilcour, est presque constamment victime d'une conduite d'échec, tout en étant beaucoup plus emporté qu'il ne le croit lui-même par une certaine rage de vivre).

Deux formes d'amour « noble » passablement dégradées

Il s'agit de l'idéal que Mme Argante semble se forger de l'amour « noble » et des relations amoureuses telles que les conçoit le comte. Selon Mme Argante, l'amour « ne se fait », décemment, qu'entre gens d'un certain sang, d'une certaine race : eux seuls ont le droit d'adorer, de mépriser, d'avoir des sentiments et un cœur. Cet amour se doit d'être possessif, car être jaloux est un signe de passion : mais c'est surtout, suivant une vieille conception aristocratique, une façon de montrer qu'on sait ce qu'on se doit et qu'on désire posséder pleinement l'« objet » aimé.

Le comte serait effectivement assez jaloux : il manifeste une susceptibilité chatouilleuse sur les relations d'Araminte (II, 9). Mais ce qui semble le plus compter pour lui, c'est que tout se passe entre gens de bonne compagnie, suivant des rapports polis et froids. Le comte cultive l'art de sauver

181

les apparences. Il fait, pourrait-on dire, un usage climatisé de mots comme « sentiments », « cœur » ou « passion » ; il les désamorce, comme pour désamorcer la réalité même de l'amour, et emploie volontiers des litotes : « Araminte ne me hait pas, je pense » (II, 4) ou « J'ai souhaité, par pure tendresse, qu'il vous en détournât » (II, 11).

L'amour à la mode bourgeoise

C'est la conception de M. Remy. L'amour est une chose simple (III, 8 : « Eh bien, quoi ? c'est de l'amour qu'il a ; ce n'est pas d'aujourd'hui que les belles personnes en donnent »). Si l'on a de l'argent, ce sentiment ne pose pas de problèmes particuliers : « Je puis me marier ; je n'en ai point d'envie, mais cette envie-là vient tout d'un coup, il y a tant de minois qui vous la donnent » (I, 3). Si l'on n'en a pas, rien ne sert de se payer de mots. M. Remy est d'autant plus fâché de voir Dorante adopter une attitude aussi bête qu'à sa façon, il l'aime beaucoup. Et il enrage ! Ses réflexions ironiques n'en sont que plus savoureuses : « Ah, ah, le cœur est admirable ! » et « Ceux qui aiment les beaux sentiments doivent être contents » (II, 2) ; « Serviteur. Idiot, garde ta tendresse, et moi ma succession » (II, 3) ; « Cet amour-là lui coûte quinze mille livres de rente, sans compter les mers qu'il veut courir » (III, 8).

L'amour, rêvé et vécu par Marton

En principe, l'amour représente pour elle un idéal très pur, fait de « délicatesse » et de « tendresse » (comme pour Araminte, quand elle se dit à propos de Dorante : « Il a des réflexions d'une tendresse... »). Sous cet idéal diaphane affleure un rêve fou. Car celle qu'on avait vu si intéressée, si peu scrupuleuse et si peu attentive aux mises en garde de Dorante

(I, 11), nous dit très clairement en quoi consiste la « délicatesse » du jeune homme (II, 9) : il l'aime jusqu'à « refuser sa fortune » pour elle, jusqu'à la sacrifier pour ses beaux yeux. Cet illogisme nous la rend très sympathique. Mais l'amour en elle est une force cruelle : sans hésiter, elle va jouer dans la pièce le rôle du traître et ressembler à une petite Hermione, devenir tout à fait racinienne. Puis, dans un dernier retournement, comme Arlequin et Cléanthis, dans *l'Île des esclaves,* lorsqu'ils se décident à rentrer dans le rang, elle va se résigner, avec une pénétrante mélancolie... Bien avant son dernier entretien avec Araminte, elle avait déjà des paroles admirables, de naïveté et de tristesse profonde : « Tu me l'avais bien dit, Dubois » (III, 2). Dans le cours de la pièce, le langage, les sentiments et la conduite de la jeune fille se sont bien rarement accordés.

Marton est un être tout jeune qui ne connaissait rien encore à la vie, et qui se trouve durement formé. Elle nous introduit à la connaissance de ce que peut être l'amour selon Marivaux. Quand il évoque l'évolution d'Araminte, il insiste sur l'avidité forcenée de l'amour-propre, « monstre » jamais en défaut, mais sur lequel ont prise toutes les manipulations possibles ; mais aussi sur l'élan qui unit deux êtres dans une « aventure » commune, vécue dans une sorte de profonde familiarité. Peut-être, à ses yeux, n'est-il tout à fait légitime de parler d'« amour » que quand il peut fonder, comme à l'extrême fin des *Fausses Confidences,* un engagement lucide.

Marivaux,
les Fausses Confidences
et la critique

Premières réactions

Lors de leur création, le 16 mars 1737, *les Fausses Confidences* n'eurent que très peu de succès : cinq représentations en tout et pour tout. Le mois suivant, au théâtre de la Foire, un opéra-comique, *l'Industrie,* évoquait dans un ballet plein d'humour le triste sort des pièces jouées cet hiver-là : elles avaient été « étouffées par des danseurs de corde »... La comédie de Marivaux ne fut reprise que seize mois plus tard, pendant la morte-saison du théâtre, le 7 juillet 1738. Mais, à cette occasion, le rédacteur du principal journal culturel du temps, le *Mercure de France,* put enfin sortir de sa prudente réserve : « Le public a rendu, à la reprise de cette ingénieuse pièce, toute la justice qu'elle mérite, ayant été représentée par les principaux acteurs dans la plus grande perfection. »

Comme la critique dramatique était alors presque inexistante, un des très rares témoignages contemporains qui nous restent sur les impressions des spectateurs nous est fourni par le marquis d'Argenson, grand amateur de théâtre fortement imbu de préjugés aristocratiques.

On dit cette pièce de Marivaux, mais le style le dément tant en bien qu'en mal. J'en ignore le succès dans la nouveauté ; Silvia [l'interprète du rôle d'Araminte] y joue beaucoup et divinement en quelques endroits ; Arlequin y fait tous les lazzi possibles. Le premier acte est très long à la façon des pièces italiennes. Il y a de l'indécence au parti d'épouser son intendant ; il est vrai que l'on suppose la dame plus riche que qualifiée.

René Louis d'Argenson, *Notices sur les œuvres de théâtre,*
datant probablement de 1737.

Plus suggestif est le point de vue du romancier Thomas L'Affichard sur les comédies de Marivaux.

Ce sont des romans qui tantôt font rire, tantôt font pleurer. Son style est unique, ou plutôt son style n'en est pas un : pour écrire comme il écrit, il faut être lui-même, il écrit comme peint Chardin, c'est un genre, un goût que l'on admire et que personne ne peut atteindre.

Thomas L'Affichard, *Caprices romanesques,* 1745.

La conquête du public

Entrées au répertoire de la Comédie-Italienne, *les Fausses Confidences* acquirent peu à peu de la célébrité et l'on se mit à les jouer aussi en province et dans les « théâtres de société ». Dans son *Histoire anecdotique du Théâtre-Italien* (1769), Desboulmiers jugeait, au terme d'un long résumé, que cette pièce est « une de celles qui ont fait le plus d'honneur à la plume de [leur] auteur. L'intrigue en est bien conduite, bien développée, les caractères bien faits, et la situation toujours ou comique ou intéressante ». Charles Collé, dramaturge qui mit en scène, avec quelques remaniements, *les Fausses Confidences* pour le théâtre du duc d'Orléans, avait porté sur elles, l'année précédente, un jugement dont l'intérêt reste toujours aussi vif.

Un jeune avocat devient le matin l'intendant d'une veuve fort riche ; cette veuve devient amoureuse folle l'après-dînée ; et l'avocat devient son mari le soir.
En filant cette action et en lui donnant la durée qu'elle doit avoir naturellement, ce sujet pouvait aisément fournir la matière d'un roman intéressant. Mais tenter de le réduire en

185

comédie, c'est ce qui aurait paru impraticable à tout autre qu'à M. de Marivaux. Il y a réussi supérieurement. Il a rendu l'amour de cette femme non seulement vraisemblable, mais de la plus grande vérité par l'art qu'il a mis à faire passer cette jeune veuve par toutes les gradations du sentiment les plus fines et les plus délicates. Tout y est parfaitement nuancé ; c'est un chef-d'œuvre que cette comédie ; c'est une espèce de magie dramatique.

Charles Collé, Note manuscrite, 1768.

Sous la Révolution, lorsque fut établie la liberté des spectacles, *les Fausses Confidences* furent mises à l'affiche des principaux théâtres parisiens. En juin et juillet 1793, puis en août 1794, elles suscitèrent un extraordinaire enthousiasme à l'ancienne Comédie-Française (théâtre de la Nation, puis théâtre de l'Égalité) : « Toutes les âmes étaient électrisées, et le public dans l'ivresse a applaudi non seulement toutes les phrases, mais pour ainsi dire tous les mots » (article paru dans *le Journal de Paris,* le 18 août 1794).

Un rythme de croisière

En 1808, un critique aussi conservateur et aussi souvent critique à l'égard de Marivaux que Geoffroy ne put s'empêcher de laisser paraître les impressions qu'il avait éprouvées plus de quarante ans avant, dans sa jeunesse, en assistant aux *Fausses Confidences.*

Je ne jugeai point ; je m'abandonnai aveuglément aux sensations que j'éprouvais. Je ne vis dans la pièce qu'un amant qui subjugue, en dépit des convenances, le cœur d'une femme sensible ; c'est ordinairement le premier objet de l'ambition des jeunes gens nés sans ambition, et qui n'ont encore aucune connaissance du monde.

Geoffroy, *Cours de littérature dramatique,* 1808.

Avec *le Jeu de l'amour et du hasard* et deux pièces en un acte, *l'Épreuve* et *le Legs*, *les Fausses Confidences* furent pendant un siècle et demi l'une des comédies de Marivaux le plus souvent jouées. Pour le meilleur et parfois pour le pire, de génération en génération, elles restèrent marquées par la personnalité de l'interprète principale : Louise Contat, Mlle Mars, « monstre sacré » qui tenait encore le rôle d'Araminte après avoir passé la soixantaine, puis Mme Arnould-Plessy, Madeleine Brohan, Berthe Cerny et enfin Madeleine Renaud qui, aux lendemains de la dernière guerre mondiale, reprit triomphalement le rôle d'Araminte dans une mise en scène colorée et dansante de Jean-Louis Barrault.

Sous le signe de l'ambiguïté

Depuis la fin du XIXe siècle jusqu'aux années 1990, avec toutes sortes de nuances différentes, critiques et metteurs en scène n'ont guère cessé d'évoquer l'ambiguïté morale de la pièce.

Le défaut de la pièce serait peut-être dans la sympathie trop vive, presque la pitié, à certains moments, qu'il [le caractère si droit d'Araminte] éveille chez le spectateur, en voyant la machination montée contre elle, la trame matrimoniale où son valet Dubois veut la prendre. C'est une terrible race que les marieurs ; celui-ci va jusqu'à la cruauté et il a des mots qui révoltent. [...] Mais cette âpreté dans la poursuite d'un succès où Dubois voit un double bonheur, n'est-elle pas une vérité de plus et les Araminte ne sont-elles pas dans la vie les victimes nécessaires des Dubois et des Dorante ? Ainsi le défaut de la pièce serait dans sa trop grande conformité avec la vie. Rare et beau défaut.

Gustave Larroumet, *Marivaux. Sa vie et son œuvre*, 1894.

Notre cœur est si honnête que la manœuvre de l'intendant le gêne un peu. Car enfin il s'agit d'un garçon sans argent, qui ne séduit pas moins une grosse fortune qu'une jolie veuve ; et qui les séduit par ses ruses autant que par son minois. Ces

ruses, dira-t-on, c'est le valet qui les invente. Oui, mais
Dorante s'y prête. Je sais bien qu'il les avoue, mais à l'heure
du triomphe : ainsi pourra-t-il en toute conscience savourer
sa conquête... Après cela, je reconnais que ma querelle n'est
pas très grave, et même que cette légère ambiguïté, assez
familière à Marivaux, ajoute à l'intérêt de la pièce. C'est un
petit trait de réalisme.

Marcel Arland, *Marivaux*, Gallimard, N.R.F., 1950.

La sincérité de l'aveu suffit à effacer tout ce que le lien qui
attache [Araminte] à Dorante doit à l'artifice. [...] Dorante a
menti longuement, mais elle décide qu'en ce moment il dit
vrai. [...] Les confidences sont fausses, mais l'amour est vrai.
[...] Il s'en faut de très peu que Marivaux n'ait décrit le
triomphe de la pure séduction, de l'efficacité des mécanismes
par lesquels il est possible de faire naître l'amour.

Nicolas Bonhôte, *Marivaux ou les Machines de l'opéra*,
l'Âge d'homme, 1974.

Je ne sais pas de spectacle plus éprouvant pour la dignité
humaine que les scènes où l'on voit — furtifs et moralement
chaussés d'espadrilles — l'ancien maître d'hôtel et son complice,
le jeune homme pauvre, manigançant des intrigues, ourdissant
des trames, échafaudant des embûches pour mener à bien leur
projet de mettre à mal la riche veuve.

Conférence de Louis Jouvet en 1939.

La gravité de l'enjeu

Mais comment nier l'intensité de la passion de Dorante ?
Émile Henriot a vigoureusement pris sa défense, sans craindre
d'être injuste pour d'autres personnages.

Embarqué malgré lui dans la supercherie dont il a honte ; au
désespoir quand il se sent menacé de perdre celle qu'il aime ;
le seul sans doute de tous les amoureux de Marivaux que l'on
puisse, sans sourire, entendre dire « je meurs » ou « je
souffre », qui souffre réellement sous nos yeux ; le seul de ce

théâtre vaporeux qui exprime une passion sincère ; véritablement une passion ancienne, durable, éprouvée, portée à son
point de crise, et finalement la seule capable d'émouvoir la
fine et charmante créature qui en est l'objet.

Émile Henriot, « la Poésie de Marivaux »,
Courrier littéraire : XVIIIe siècle, Albin Michel, 1961.

Edmond Jaloux, puis Giraudoux, dans un *Hommage à
Marivaux* lu à la Comédie-Française au moment le plus noir
de l'Occupation, ont évoqué en termes très forts le véritable
enjeu de la pièce.

Rien n'est comparable [...] au sursaut, chez Marivaux, de la
femme qui se sent devinée, qui a peur qu'on la soupçonne et
qui se défend contre l'agresseur en lui opposant toutes ses
armes : l'indifférence, la taquinerie, la haine, la comédie même
d'un autre amour, tout ce qui l'empêchera enfin de s'avouer
vaincue. C'est qu'elle sait qu'elle apporte à l'homme qu'elle
aime quelque chose de si beau, de si fragile, de si sensible
qu'elle ne voudrait pas exposer ses trésors à quelqu'un qui en
mésusât. [...] Araminte a certainement plus de mal à détruire
la résistance qu'elle éprouve à aimer son intendant qu'à se
souvenir que c'est un intendant. Qu'est-ce à ses yeux qu'un
rang social inférieur à côté de l'immense effort qu'elle doit
faire pour exposer au hasard de la vie cette ferveur cristalline
qui est en elle et dont elle sait bien à quel point elle est
fragile ?

Edmond Jaloux, *Visages français et Tableau
de la littérature française*, 1939, D.R.

[Marivaux] nous montre, et la description en est trop sensible
pour ne pas correspondre à une réalité, une société où l'amour
est repris aux dieux et aux démons brutaux de l'amour et
rendu en toute propriété à l'amoureux et à l'amoureuse. [...]
Les femmes chez Marivaux sont les aînées, plus loyales mais
à peine moins averties, des femmes de Laclos. Leurs balan-
cements, leurs décisions, ne puisent pas leur valeur dans leur
inconstance, mais au contraire dans la vie que leur confère
un corps toujours présent. Qui a cherché l'imaginaire chez

Marivaux ? Ses scènes sont les scènes de ménage ou de fiançailles du seul monde vrai. [...] Il n'y a pas d'honneur à être le cousin d'Hermione, la belle-sœur de Phèdre, le neveu de Roxane. Il y en a un pour nous à être, et j'ose dire, à être restés, de la famille d'Araminte et de Silvia.

Jean Giraudoux, *Hommage à Marivaux*, prononcé le 4 février 1943.
(Texte publié clandestinement à La Haye, chez Don Stols, et reproduit en tête de l'édition du *Théâtre complet* de Marivaux, par J. Fournier et M. Bastide, Éditions nationales, 1946).

Dans une perspective comparable, Michel Deguy s'est appliqué, avec une certaine malice, à décrire *les Fausses Confidences* comme le dernier de nos romans de chevalerie.

Reviviscence de chevalerie de la Grande Épreuve d'Amour, aux dimensions de la cour d'une veuve qui par sa condition — grâce au vraisemblable de la veuve riche qui peut balayer un large espace social de ses prétentions — est pareille à une princesse qui peut s'élever ou s'abaisser sans s'abaisser. [...] Pourquoi l'amour noble, la noblesse d'un destin d'amour, et la rhétorique de ce destin comme arme pour l'épreuve au tournoi d'amour, ne concerneraient-ils pas la moyenne bourgeoisie ; pourquoi n'y aurait-t-elle pas droit ?

Michel Deguy, *la Machine matrimoniale ou Marivaux*,
Gallimard, 1981.

Type d'interprétation auquel peut s'apparenter l'analyse la plus subtile, peut-être, et la plus suggestive des *Fausses Confidences,* celle de René Démoris (voir p. 199).

« Mécanisme » et fonctionnement

Depuis une trentaine d'années, plusieurs critiques se sont efforcés de décrire le « fonctionnement » des pièces de Marivaux. Jean Rousset estime qu'elles tendent toutes à se fonder sur « la structure du double registre », car le dramaturge délègue volontiers à des « personnages témoins », comme Dubois, certains de ses pouvoirs.

L'intelligence des mobiles secrets, la double vue anticipatrice, l'aptitude à promouvoir l'action et à régir la mise en scène des stratagèmes et comédies insérées dans la comédie. [...] Dorante croit tout perdu, [Dubois] se frotte les mains, il voit plus profond et plus loin que les cœurs en émoi que leur émotion empêche de rien voir ; il est si sûr de son affaire qu'il peut se permettre les gaffes volontaires, les stratagèmes hasardeux, tous ses coups portent juste.

Texte paru dans la revue Studi Francesi, 1957,
puis dans l'ouvrage Forme et signification, Corti, 1964.

Dans une importante étude, « Analyse et mécanisme des *Fausses Confidences* », Jacques Schérer a démonté avec une remarquable clarté les ressorts sur lesquels a joué leur auteur. Une des premières pages de cet article donne une idée de sa progression.

Il serait inadmissible de se représenter Araminte comme une femme exclusivement dominée par ses sens, ce qui ôterait à la pièce l'essentiel de son intérêt et qui eût d'ailleurs paru révoltant au public de 1737. Marivaux précise au contraire dès la scène d'exposition qu'Araminte « est extrêmement raisonnable ». Elle ne peut donc, ni ne veut, faire fi des impératifs sociaux et se débat avec un problème qui lui apparaîtra de plus en plus dramatique. Ce qui sépare Araminte de Dorante est uniquement la différence de leurs fortunes. [...] La pauvreté au temps de Marivaux n'est pas seulement sentie comme un manque ; elle est aussi, sans qu'on ose trop le proclamer, un défaut moral ; on éprouve encore le besoin de répéter que pauvreté n'est pas vice ; elle ne laisse pas d'être un vice inavoué dans la mesure où la fortune, au même titre que la noblesse, est respectée comme une valeur que seule la naissance devrait donner. Pour épouser Dorante, Araminte doit donc vaincre une sorte de pudeur sociale. C'est à quoi les artifices de Dubois vont l'aider. L'obstacle à surmonter n'est pas objectivement réel, à la manière d'un fait ; il est de l'ordre du sentiment. Il suffira donc à Dubois, pour donner à Araminte la force d'imposer son désir à une société qui le réprouve, d'employer des moyens sentimentaux.

Ces moyens sont au nombre de quatre : des « fausses confidences », des visages d'autres femmes, un portrait, une lettre.

Jacques Schérer, « Analyse et mécanisme des *Fausses Confidences, Cahiers de la Compagnie Renaud-Barrault*, n° 28, janvier 1960.

De son côté, Patrice Pavis, qui considère *les Fausses Confidences* comme « la première comédie bourgeoise », a mis l'accent sur deux points importants : la façon dont Marivaux joue avec des fantasmes et la mentalité commune qui unit Dorante et Araminte.

Dubois force Araminte à s'imaginer aimée ; Dorante lui a pour cela délégué les pouvoirs et Dubois y trouve probablement sa part de plaisir. Dans cette déclaration d'amour par personne interposée, Dubois supplée son maître, en assumant les déclarations d'amour. De manière similaire, Dorante en confidence avec Araminte fantasme et donne à fantasmer une scène où il délègue ses pouvoirs à un autre corps désirant : un homme tellement amoureux et humble qu'il n'oserait pas se déclarer. [...] Le désir ne peut pas se verbaliser, il se réalise dans la contemplation, le plaisir de voir, le portrait, le tableau et finalement l'être adoré lui-même. [...] Être ou devenir heureux, telle est l'obsession commune de Dorante et d'Araminte. Que cette valeur puisse passer avant le désir de s'enrichir ou d'accéder à la noblesse, voilà ce qui est alors nouveau, voire, en un sens, révolutionnaire.

Patrice Pavis, *Marivaux à l'épreuve de la scène*, Publications de la Sorbonne, 1986.

Parmi toutes les mises en scène contemporaines des *Fausses Confidences,* trois des plus remarquables, celles de Jean Piat (Comédie-Française, 1971), de Jacques Lassalle (Studio-Théâtre, 1979) et de Gildas Bourdet (Compagnie de la Salamandre, Lille, 1989) ont bien montré que le temps n'est plus où un Claudel pouvait noter au sortir d'une représentation de gala de cette pièce : « Pendant trois mortelles heures j'ai mangé de la poudre de riz. »

Avant ou après la lecture

Lectures, écriture, interprétation

1. L'histoire des *Fausses Confidences* racontée par Marton ou par Mme Argante dans une lettre à une amie.

2. Différents témoignages anciens donnent une idée concrète de l'interprétation d'actrices célèbres. Ainsi, d'après Sophie Gay, quand Araminte ordonne à Dubois de se retirer (II, 12), l'actrice pouvait exprimer des nuances très différentes. Au début du XIXe siècle, dans la bouche de Louise Contat, cet ordre traduisait l'impatience et l'irritation ; mais Mlle Mars le prononçait avec tant de « finesse » et une « sensibilité si délicate » qu'il devenait « un aveu d'amour » et de « joie ». Divergences du même ordre à propos du « Je vous le donne » (III, 10) : « Mlle Plessy le jette d'un ton indifférent et bref, écrivait Francisque Sarcey en 1870, comme si elle disait : "C'est bien ! n'en parlons plus ! J'ai d'autres ennuis et de plus graves ; laissez-moi la paix. Vous voulez votre congé ; allons ! le voilà !" Il paraît que c'est la tradition de Mlle Mars, et elle va très bien à l'air de Mlle Plessy, à la physionomie qu'elle imprime au rôle. Mais l'Araminte que nous présente Mme Brohan n'est pas cette personne hautaine et impatiente. "Je vous le donne", dit-elle d'un ton languissant, et l'on entend là-dessous : "Encore un chagrin ! Après tout, la coupe est déjà pleine ! Celui-là de plus ou de moins, qu'importe ! Je suis bien malheureuse !" »
Interpréter ces passages. Après avoir étudié attentivement leur contexte, jouer la scène 12 de l'acte II, à partir de « Attends. Comment faire ? », et la scène 10 de l'acte III, jusqu'à « À la bonne heure ».

3. Résumer avec le plus de précision possible le troisième acte des *Fausses Confidences* en employant environ deux cents mots.

Exposés et enquêtes

1. Le comique dans *les Fausses Confidences*. Présenter et analyser les passages les plus amusants.

2. La portée sociale des *Fausses Confidences*.

3. Les différentes conceptions de l'amour et du mariage dans *les Fausses Confidences*.

4. Les grands moments d'émotion.

5. Établir un tableau de la présence sur la scène des huit principaux personnages au cours de chacun des trois actes, en utilisant les indications de la page 117 (question 1). Quelles conclusions pourrait-on en tirer sur la construction de la pièce et la dramaturgie de Marivaux ?

6. Le rôle des objets (portrait, tableau et lettres) dans *les Fausses Confidences*. Comparer avec d'autres pièces de théâtre où un portrait ou une lettre jouent également un rôle important.

7. Les fausses confidences et les mensonges (dans son livre *Love in the theatre of Marivaux,* Valentini Brady en relève dix-sept, dont dix dans l'acte II...). Établir le répertoire de ces demi- ou vrais mensonges. Quelles remarques cette liste peut-elle inspirer ?

8. Étudier les didascalies qui concernent Araminte dans leur contexte. Que peuvent-elles apprendre sur ses réactions et son caractère ? La même recherche peut être entreprise en ce qui concerne Marton.

9. En quoi Dubois paraît-il original par rapport aux autres valets de théâtre ?

10. Dans plusieurs de ses comédies, Marivaux utilise un de ses personnages comme meneur de jeu. Comparer à ce point

de vue la stratégie et le rôle de Dubois dans *les Fausses Confidences* et ceux de Flaminia dans *la Double Inconstance*.

11. Les mères dans le théâtre de Marivaux. Se répartir la lecture des pièces où figure une Mme Argante : *l'École des mères, la Mère confidente, l'Épreuve* et *les Acteurs de bonne foi*. Comparer remarques et impressions sur le rôle de ces mères.

12. Au temps des *Fausses Confidences,* la vie théâtrale était animée et pittoresque. On pourrait la retracer d'après le livre d'Henri Lagrave (voir p. 198).

13. Montrer, à l'aide d'exemples caractéristiques, comment Mme Argante, le comte et M. Remy se peignent tout entiers dans leur langage, y déclinent leur classe sociale et leur tempérament.

Dissertations

1. *Les Fausses Confidences* justifient-elles ce jugement de Claude Roy : « Le conflit premier du théâtre de Marivaux, c'est la lutte entre l'amour-fatalité et l'amour-volonté, entre la nécessité quasi biologique et la liberté intérieure, entre la nature et cette belle nature artificielle que l'homme nomme le cœur humain. Voilà pourquoi ce théâtre, qui se donne les apparences de la futilité et du caprice, du badinage élégant et du sourire à fleur d'âme, est en réalité un théâtre grave et souvent cruel » (*Cahiers de la Compagnie Renaud-Barrault,* n° 28, 1960).

2. En quoi Dorante et Araminte peuvent-ils illustrer ce point de vue de Bernard Dort : « L'épreuve marivaudienne n'est jamais à sens unique : il n'y a pas un personnage qui éprouve et un autre qui est éprouvé. L'épreuve de l'autre se transforme inévitablement en épreuve de soi » (*les Temps modernes,* janvier 1962).

3. Discuter l'affirmation suivante de Louis Jouvet : « C'est par l'utilisation et la pratique du mensonge que Marivaux fait

agir ses personnages et les fait vivre devant nous, dans leurs luttes et leur recherche de l'amour. C'est sous cet aspect fallacieux, dans cette lumière décomposante du mensonge où leurs sentiments s'offrent avec éclat et cruauté, qu'il nous les présente. »

4. Brunetière, critique de la fin du XIXe siècle, a écrit au sujet de Dorante : « Son personnage a quelque chose d'assez répugnant, et dans sa manière de réduire Araminte à composition on trouve je ne sais quoi qui sent son chevalier d'industrie. Il y a aussi une bien grosse dot dans cette petite main qu'on lui abandonne ! » Commenter ce jugement.

5. Analyser et discuter ces réflexions de Jacques Lassalle : « Nouvelle surprise de l'amour ou variations sur l'art de parvenir ? Les deux sans doute. [...] C'est un étrange chemin que celui du calcul et du mensonge pour atteindre à la vérité des cœurs » (*Cahiers du Studio-Théâtre*, n° 16, octobre 1979).

6. Gildas Bourdet, qui a mis en scène *les Fausses Confidences* en 1989, déclarait à ce propos : « Comment se fabrique ce théâtre perpétuellement sur un fil, toujours contradictoire ? Une chose n'est jamais vraie chez Marivaux, elle est vraie et fausse. Dans cette tension le texte existe. [...] Si l'on monte une scène légèrement, il faut laisser comprendre que la même scène pourrait être grave. Le théâtre de Marivaux n'est jamais en repos ; c'est un art insaisissable qui passe par les acteurs. » Analyser et discuter ce point de vue.

7. Commenter ces remarques de E. J. H. Greene : « C'est une question oiseuse que de se demander si *les Fausses Confidences* sont supérieures au *Jeu de l'amour et du hasard,* ou plus caractéristiques de leur auteur. C'est une pièce plus complexe, mais surtout plus adulte. Dans *le Jeu*, la spontanéité et l'enthousiasme de la jeunesse doivent plus compter qu'une certaine perfection professionnelle. *Les Fausses Confidences* exigent une troupe plus âgée, plus diversifiée et plus expérimentée. »

8. Commenter le jugement d'un critique contemporain, Jean Fabre, d'après lequel il n'y a « peut-être rien de plus essentiel à la définition de l'homme et à sa dignité » que ce qui motive les héros de Marivaux : la prétention de faire de son engagement un choix.

9. *Les Fausses Confidences* peuvent-elles ou non illustrer le jugement que le philosophe et dramaturge Gabriel Marcel portait en 1947 : « Marivaux a cru à l'Amour ; il a vu dans l'amour une réalité mystérieuse dont les accès sont à vrai dire étroitement gardés, mais qui est seule capable d'illuminer la vie. Là est la raison pour laquelle son théâtre est dépourvu de toute sécheresse. »

10. Analyser et commenter un des jugements cités dans « Marivaux, *les Fausses Confidences* et la critique » (voir p. 184 à 192).

Commentaires composés

1. Commenter la scène 9 de l'acte II en mettant en valeur son intérêt dramatique. Étudier, dans leur opposition et leur diversité, les réactions et le langage des personnages qui y participent.

2. Même exercice à propos de la scène 8 de l'acte III.

Bibliographie, filmographie

Éditions

L'édition de référence est celle de F. Deloffre : *Marivaux, Théâtre complet,* 2 vol., Bordas, coll. « Classiques Garnier », revue et mise à jour avec la collaboration de F. Rubellin, 1989. *Les Fausses Confidences* figurent dans le tome II.

Une nouvelle édition, de H. Coulet et M. Gilot, est parue dans la « Bibliothèque de la Pléiade » en 1992.

Marivaux

M. Arland, *Marivaux,* Gallimard, N.R.F., 1950.

N. Bonhôte, *Marivaux ou les Machines de l'opéra,* l'Âge d'homme, 1974.

H. Coulet et M. Gilot, *Marivaux, un humanisme expérimental,* Larousse, coll. « Thèmes et textes », 1973.

M. Deguy, *la Machine matrimoniale ou Marivaux,* Gallimard, 1981.

F. Deloffre, *Une préciosité nouvelle : Marivaux et le marivaudage,* A. Colin, 1955, réédité en 1971.

M. Descotes, *les Grands Rôles du théâtre de Marivaux,* P.U.F., 1972.

L. Desvignes-Parent, *Marivaux et l'Angleterre. Essai sur une création dramatique originale,* Klincksieck, 1970.

P. Gazagne, *Marivaux par lui-même,* le Seuil, 1954.

E. J. H. Greene, *Marivaux* (en anglais), University of Toronto Press, 1965.

H. Lagrave, *Marivaux et sa fortune littéraire,* Guy Ducros (Saint-Médard-en-Jalles), 1970.

H. Lagrave, *le Théâtre et le public à Paris de 1715 à 1750,* Klincksieck, 1972.

Marivaux d'hier, Marivaux d'aujourd'hui (ouvrage collectif), Éditions du C.N.R.S., 1991.

S. Mülhemann, *Ombres et lumières dans l'œuvre de Pierre Carlet Chamblain de Marivaux,* Publications universitaires européennes, Herbert Lang (Berne), 1970.

P. Pavis, *Marivaux à l'épreuve de la scène,* Publications de la Sorbonne, 1986. Le chapitre v est consacré aux *Fausses Confidences.*

J.-K. Sanaker, *le Discours mal apprivoisé,* Oslo, Solum Forlag, et Paris, Didier-Érudition, 1987.

Les Fausses Confidences

Analyses et réflexions sur Marivaux. Les Fausses Confidences. L'être et le paraître, Édition Marketing, 1987. Ouvrage collectif comprenant notamment des articles de J. Vier, E. Rabate, P.-L. Assoun, G. Guillo, J.-L. Jaunet, M. Bénabès, S. Lisiecki-Bouretz, P. Villani, G. Bafaro et J. Ughetto.

J.-Y. Boriaud, « les Jeux de l'être et du paraître dans *les Fausses Confidences* », *l'Information littéraire,* janvier-février 1988.

M. Claisse, « Approches du discours : formes et variations dans *les Fausses Confidences* (acte II, scène 12) », *Revue Marivaux,* n° 1, 1990.

R. Démoris, *Lectures de... les Fausses Confidences de Marivaux. L'être et le paraître,* Belin, 1987.

B. Dort, « le Tourniquet de Marivaux », *Cahiers du Studio-Théâtre,* n° 16, octobre 1979.

P. Hoffmann, « De l'amour dans *les Fausses Confidences* de Marivaux », *Travaux de linguistique et de littérature,* Université de Strasbourg, XXV, 2, 1987.

L. Pérol, « l'Image du bourgeois au théâtre entre 1709 et 1775 » (*Turcaret,* de Lesage ; *les Fausses Confidences* ; *le Philosophe sans le savoir,* de Sedaine ; *la Brouette du vinaigrier,* de L.-S. Mercier), *Études sur le XVIIIe siècle,* Université de Clermont II (« Textes et documents » de la Société française d'étude du XVIIIe siècle), 1979.

J. Schérer, « Analyse et mécanisme des *Fausses Confidences* », *Cahiers de la Compagnie Renaud-Barrault*, n° 28, janvier 1960.

A. Tissier, *les Fausses Confidences de Marivaux. Analyse d'un « jeu » de l'amour*, SEDES, 1976.

Filmographie

La télévision conserve le souvenir de différentes mises en scène de la Comédie-Française : « réalisations » de Pierre Gavarry (O.R.T.F., 1967), de Dominique Réty (O.R.T.F., 1968) et de Jean-Marie Coldefy (O.R.T.F., 1971, mise en scène de Jean Piat, rediffusions en 1980 et 1987). En 1984, Daniel Moosman a consacré aux *Fausses Confidences* un film parfaitement fidèle à la lettre et à l'esprit de la pièce où les rôles d'Araminte, de Marton et de Dubois étaient tenus par Brigitte Fossey, Fanny Cottençon et Claude Brasseur.

Petit dictionnaire pour commenter le théâtre de Marivaux

aparté *(n. m.)* : brefs propos qu'un personnage s'adresse à lui-même et que les autres ne sont pas censés entendre.

chevalier d'industrie : personnage vivant d'expédients, de procédés peu recommandables (comme il arrive, par exemple, dans les comédies de Dancourt).

comédie de caractère : comédie où l'on dépeint un personnage dominé par tel ou tel trait de caractère, telle passion (l'avare, l'hypocrite, le distrait, le joueur, etc.).

comédie de mœurs : comédie dépeignant la manière de vivre propre à une époque, à une société, à un groupe.

comédie larmoyante : nom donné par un critique littéraire du XVIIIe siècle, l'abbé Desfontaines, à un genre de comédie illustré particulièrement par Nivelle de La Chaussée (*le Préjugé à la mode,* 1735), puis par Voltaire *(Nanine ; l'Écossaise)*. Volontiers moralisatrice, la comédie larmoyante faisait appel à de grandes effusions de sensibilité.

coup de théâtre ou, comme on disait souvent au XVIIIe siècle, **coup de surprise** : événement inattendu et soudain qui retourne la situation.

crescendo *(n. m.)* : passage où l'intensité dramatique croît progressivement (comme en musique, l'intensité des sons).

didascalie *(n. f.)* ou **notation scénique** : chacune des indications fournies par l'auteur d'une pièce sur les réactions de ses personnages.

dramatisation *(n. f.)* : façon de donner à une situation un caractère particulièrement dramatique, c'est-à-dire de susciter très vivement la curiosité ou l'inquiétude des spectateurs.

dramaturgie *(n. f.)* : procédés employés dans la composition d'une pièce de théâtre ; tout ce qui permet à son action d'être efficace.

drame bourgeois ou **genre sérieux** : genre de pièce inauguré par Diderot dans *le Fils naturel* (1757) et *le Père de famille* (1758), illustré ensuite par Sedaine, Beaumarchais et Louis-Sébastien Mercier. Le drame bourgeois visait particulièrement à représenter les conditions sociales et les conflits familiaux, avec des intentions moralisantes. Son avènement a été préparé par le succès de la comédie larmoyante.

épilogue *(n. m.)* : dans l'Antiquité, petit discours qui concluait une pièce de théâtre.

exposition *(n. f.)* : au théâtre, ensemble de scènes consacrées à la présentation des personnages et des circonstances de l'action, ainsi que des événements antérieurs qui l'ont préparée.

intermède *(n. m.)* : divertissement entre deux actes d'une représentation théâtrale (comme dans *la Double Inconstance* ou *la Fausse Suivante,* de Marivaux). Par extension, épisode en marge de l'action principale.

intrigue *(n. f.)* : enchaînement des événements qui constitue l'action d'une pièce et qui aboutit au dénouement.

ironie *(n. f.)* : forme de moquerie qui consiste à faire comprendre à son interlocuteur le contraire de ce que l'on dit, à l'aide de l'intonation ou de procédés stylistiques, comme l'antiphrase.

jeu de scène : gestes, mimiques ou déplacements exécutés par les acteurs pour produire un effet particulier.

langage précieux : langage né de la recherche d'un raffinement qui a souvent dégénéré en affectation ridicule dans certains salons du XVIIe siècle. Il était caractérisé surtout par l'emploi de mots rares et de périphrases (expressions formées de plusieurs termes, utilisées pour dire ce qu'un seul mot suffirait à définir).

lapsus *(n. m.)* : erreur de langage qui consiste à employer un mot à la place d'un autre.

lazzi ou **lazzis** *(n. m. pl.)* : jeu de scène reposant sur un enchaînement de mimiques et de gestes amusants et cocasses. Dans la tradition de la Comédie-Italienne, Arlequin disposait de tout un répertoire de lazzis, plus ou moins élaborés, à commencer par ses cabrioles, ses culbutes et ses balourdises.

mise en abyme : procédé par lequel une partie d'œuvre, littéraire ou picturale, donne une idée ou une image de l'ensemble de cette œuvre.

moliéresque *(adj.)* : à la manière de Molière. On peut qualifier de « moliéresque » un personnage obstiné qui tend à s'exprimer, de façon comique, dans des « mots de nature », comme Orgon (« Et Tartuffe ? ») ou Harpagon (« Sans dot ! »).

préciosité *(n. f.)* : recherche d'un certain raffinement dans les manières, le langage ou le style, qui a souvent dégénéré en affectation ridicule dans certains salons du XVIIe siècle.

proustien *(adj.)* : on peut qualifier de « proustienne » une fascination comparable à celle que le narrateur de *À la recherche du temps perdu,* de Marcel Proust, éprouve, particulièrement dans *le Côté de Guermantes,* pour des aristocrates qui lui apparaissent comme des dieux.

régir *(verbe)* : « régir une mise en scène », c'est en assurer l'exécution. Le régisseur est chargé de faire exécuter les directives du metteur en scène et assume la responsabilité du déroulement du spectacle.

réplique *(n. f.)* : paroles prononcées par un personnage au cours d'un dialogue. La plupart des scènes sont fondées sur un échange de répliques, unités élémentaires du dialogue.

suivante *(n. f.)* : nom donné dans la comédie classique aux demoiselles de compagnie ou femmes de chambre (on ne distinguait pas nettement ces deux fonctions).

théâtralité *(n. f.)* : tout ce par quoi le théâtre peut être exalté, dans les effets qu'il permet ou ses vertus particulières.

tirade *(n. f.)* : suite de phrases qu'un personnage prononce sans être interrompu par un autre.

tranche de vie : expression lancée par Émile Zola pour désigner une œuvre qui vise à représenter la réalité avec une parfaite exactitude.

Collection fondée par Félix Guirand en 1933,
poursuivie par Léon Lejealle de 1945 à 1968,
puis par Jacques Demougin jusqu'en 1987.

Nouvelle édition
Conception éditoriale : Noëlle Degoud.
Conception graphique : François Weil.
Coordination éditoriale : Emmanuelle Fillion
et Marianne Briault.
Collaboration rédactionnelle : Christine Amouroux.
Coordination de fabrication : Marlène Delbeken.
Documentation iconographique : Nicole Laguigné.
Schéma et dessins p. 11 et 43 : Thierry Chauchat.

COMPOSITION : SCP BORDEAUX.
IMPRIMERIE HÉRISSEY. – 27000 ÉVREUX. – N° 73187.
Dépôt légal : Janvier 1992. – N° de série Éditeur : 19037.
IMPRIMÉ EN FRANCE *(Printed in France)*. 871261. O - Juillet 1996.

Nouvelle collection *Classiques Larousse*
Titres disponibles
et leur documentation thématique

Andersen : *la Petite Sirène et autres contes,* D'autres héros à la découverte du monde

Balzac : *les Chouans,* Chouannerie et littérature, *Eugénie Grandet,* Le personnage de l'avare

Baudelaire : *les Fleurs du mal,* Le thème du cygne dans la poésie lyrique au XIXe siècle

Beaumarchais : *le Barbier de Séville,* Le personnage du barbon, *le mariage de Figaro,* Le comique au XVIIIe siècle

Chateaubriand : *Mémoires d'outre-tombe* (livres I à III), Souvenirs de jeunesse
René, Le « vague des passions » : crise d'adolescence ou mal métaphysique ?

Corneille : *le Cid,* Les amours contrariés
Cinna, La vengeance féminine dans le théâtre baroque et classique
Horace, Aimer malgré les frontières,
l'Illusion comique, Quatre variations autour du soldat fanfaron
Polyeucte, Mourir pour des idées

Daudet : *Lettres de mon moulin,* Enfance en Provence

Diderot : *le Neveu de Rameau,* Éducation et morale

Flaubert : *Hérodias,* Le charme maléfique de la danse
Un cœur simple, Des cœurs simples au service des autres

Gautier : *la Morte amoureuse, Contes et récits fantastiques,* les phénomènes étranges dans la littérature

Giraudoux : *la guerre de Troie n'aura pas lieu,* D'un texte, l'autre : du clin d'œil à la réécriture

Grimm : *Hansel et Gretel et autres contes,* Le diable dans les contes

Hugo : *Hernani,* Figures de rois

Ruy Blas, Les héros du drame romantique

Labiche : *la Cagnotte,* La comédie bourgeoise au XIXᵉ siècle

le Voyage de M. Perrichon, Le bourgeois, ce mal-aimé

La Bruyère : *les Caractères,* Portraits satiriques

La Fontaine : *Fables* (livres I à VI), Au temps où les bêtes parlaient

Marivaux : *la Double Inconstance,* La séduction : piège ou révélation ?

les Fausses Confidences, Les veuves dans la littérature classique

L'Ile des esclaves, La représentation des domestiques dans le théâtre du XVIIIᵉ siècle

le Jeu de l'amour et du hasard, Les déguisements au théâtre

Maupassant : *Boule de suif, et autres nouvelles de guerre,* Les écrivains témoins de la guerre de 1870

le Horla, Maupassant et le fantastique

la Peur et autres contes fantastiques, Quelques textes aux frontières du fantastique

Un réveillon, contes et nouvelles de Normandie, La terre : rêves et réalités

Mérimée : *Carmen,* De l'héroïne au mythe populaire

Colomba, L'exotisme à la portée de tous

Mateo Falcone, L'autorité paternelle

La Vénus d'Ille, Au cœur du fantastique : une interrogation

Molière : *Amphitryon,* Le personnage, double du comédien ?

l'Avare, Manger pour vivre et vivre pour manger

le Bourgeois gentilhomme, La folie des grandeurs

Dom Juan, Destins de Don Juan

l'École des femmes, Couvent et mariage : deux modes de domination

les Femmes savantes, Les héritières de Philaminte

les Fourberies de Scapin, La farce à travers les âges

George Dandin, Affronter les inégalités sociales

le Malade imaginaire, Malades des médecins ?

le Médecin malgré lui, D'autres portraits de médecin

le Misanthrope, L'histoire littéraire du misanthrope

les Précieuses ridicules, De Rabelais à nos jours : figures du snobisme

Le Tartuffe, L'hypocrisie, un hommage du vice à la vertu ?

Montaigne : *Essais,* Les approches de la mort

Montesquieu : *De l'esprit des lois,* Politique et utopie

Lettres persanes, Comment peut-on être français : regard étranger et forme épistolaire

Musset : *les Caprices de Marianne,* Marianne ou la libération de la parole

Lorenzaccio, L'homme et son meurtre

On ne badine pas avec l'amour, Jeunes filles au couvent

Perrault : *Contes ou histoires du temps passé,* Les métamorphoses du conte

Poe : *Double Assassinat dans la rue Morgue, la Lettre volée,* Quelques successeurs de Dupin

Racine : *Andromaque,* Permanence et évolution d'un mythe

Bajazet, Visages de l'Orient : la femme captive

Bérénice, Renoncer à l'amour

Britannicus, La tyrannie : nécessité, paradoxe ou perversion ?

Iphigénie, Père et fille

Phèdre, Le premier regard : récits au passé

Rostand : *Cyrano de Bergerac,* Le travail de l'écrivain : un bricolage de génie

Rousseau : *les Rêveries du promeneur solitaire,* Le projet autobiographique

Sand : *La Mare au diable,* Le sentiment de la nature

Le Surréalisme et ses alentours, Théorie de la pratique surréaliste

Voltaire : *Candide,* Témoignages sur la question du mal au XVIIIe siècle

L'Ingénu, Bons sauvages, femmes vertueuses et hommes d'Église

Zadig, La recherche du bonheur